Mon journal

Me chercher dans vos ombres

J'ai vécu et partagé avec vous mes voyages, mes peines, mes doutes, mes (modestes) réussites – et la plus belle : Aaliyah – et pas un seul instant je me suis sentie seule. Pourtant, ce n'était pas gagné. Enfant, la vie ne m'a pas gâtée. Et en grandissant, quelques mauvaises rencontres ont tenté de m'effacer. Un passé qu'il ne faut pas nier. Il est le guide pour la suite des aventures. Revenons-y à travers ce livre pour comprendre et réparer tout ce qui nous abîme. Faire peau neuve, c'est possible ! Croyez-moi, on se relève de tout. Parole d'une « warrior » qui a refusé d'abandonner. Votre plus beau combat, ce n'est pas contre le monde ou ceux qui s'acharnent, c'est contre vous et ce qui vous empêche d'être la meilleure version de vous-même.

Enfin, à ceux qui me liront sans me connaître, je veux dire quelques mots : enchantée et merci de m'avoir choisie.

Sarah

« Ma plus belle histoire d'amour, c'est vous. »

Quelques mots repris de Barbara pour vous dire combien je vous suis reconnaissante d'avoir fait de moi la femme que je suis aujourd'hui. Vous m'avez découverte, soutenue, poussée, parfois recadrée, critiquée mais, surtout, souvent entourée de vos ondes positives.

Sarah Lopez

Lou Alloni

Mon journal

Me chercher dans vos ombres

Les Livres du Dragon d'Or

Prologue

Et voilà, Noël. Ce moment que tous les enfants attendent avec impatience ! Je ne suis plus une petite fille, mais j'aime tellement cette période de l'année. Ça n'a pas toujours été le cas, pourtant. D'abord, comme beaucoup, je ne vivais que pour les cadeaux sous le sapin. Je passais la journée à jouer, à en profiter. Ensuite, quand je me précipitais dans le salon les matins du 25, ce n'était pas pour déballer des poupées, ou des habits, mais pour savoir si mon seul souhait s'était réalisé... et pour comprendre que non, le père Noël n'avait pas ce pouvoir.

Le pouvoir de motiver mon père à passer les fêtes de fin d'année avec sa fille.

Heureusement, j'avais ma mère, mes grands-parents, mais souvent, c'était lui que je voulais. Pour être une « vraie » famille, pour connaître un bonheur complet, total.

Aujourd'hui, me voilà donc.

Je ne suis plus une petite fille. Je ne cherche plus mon père dans l'ombre du sapin de Noël, je n'attends plus aucun cadeau. La vie m'a déjà offert toutes les joies, et j'irai m'offrir celles qui restent. Je regarde ma mère, sur le canapé, face aux guirlandes lumineuses. Je pose la main sur mon ventre, je souris.

Oui, le bonheur est là. Ça pourrait sembler si simple. Et, en un sens, ça l'est.

Pourtant, je suis passée par tellement d'étapes avant d'en arriver là... J'aimerais pouvoir parler à cette jeune Sarah, la rassurer, lui dire que oui, c'était dur, mais que rien n'est dû au hasard, et surtout, que le meilleur finit toujours par gagner.

Chapitre 1

J'aimerais dire à cette version de moi qui a huit ans que tout ira bien, mais elle aurait du mal à y croire. Même s'il y a un sapin décoré, des cadeaux au pied, un bon repas et des sourires, ce n'est pas la joie. La magie s'éteint, elle ne croit plus trop qu'un vieux barbu va débarquer et lui offrir tout ce qu'elle veut.

J'ai huit ans, donc, et une mère et des grands-parents en or. Mais je suis trop jeune pour m'en rendre compte. Je blâme les présents, j'encense l'absent : mon père. C'est lui que je veux, c'est lui, le héros de ma vie, l'homme providentiel, pas le père Noël, pas mon papi qui me couvre d'amour.

Maman sourit, mais je sens bien derrière ses yeux cernés, sa peau tirée et son teint pâle, que c'est difficile pour elle, que les nuits sont trop courtes et les journées, trop longues. Elle sacrifie ce qu'elle a pour m'offrir les étoiles. Mais je n'ai que huit ans. Moi, la seule chose que je vois, c'est la place vide sur le canapé à côté d'elle. Mon père n'est pas là. Et je suis persuadée que tout mon bonheur ne tient qu'à lui. Mais ce n'est pas son sourire qui illumine la pièce, c'est son absence qui ronge tous mes souvenirs de cette époque.

Je souris à ma mère, à mes grands-parents, j'ouvre tous les cadeaux qu'ils m'ont offerts sans me rendre compte des sacrifices, des heures de travail que ça a demandé. Je les remercie, les enlace, déjeune avec eux. Mais, dès que j'ai une seconde, je monte dans ma chambre. Je laisse mes jouets au pied du sapin et appelle mon père.

Je serre le téléphone de toutes mes forces et ferme les yeux. Si je prie et espère assez fort, peut-être qu'il viendra, qu'il sera là ?

Peut-être qu'on sera enfin une famille complète et heureuse ? Après tout, je sais que Noël est une période un peu magique, alors j'implore pour avoir mon propre petit miracle.

Ça sonne et mon cœur se tord et trépigne. Ça fait cinq minutes que je répète ce que je veux lui dire. Avec les bons mots, j'ai espoir de le convaincre. Et puis, enfin, il répond !

— Allô, papa ? C'est Sarah ! Je voulais t'appeler pour te souhaiter joyeux Noël et te demander si tu pouvais venir. Papi et mamie ont cuisiné de la poularde pour ce soir et ont dit que tu pouvais te joindre à nous, si tu voulais, et ça me ferait super plaisir que...

J'ai à peine respiré et je n'ai pas osé ouvrir mes paupières et fixer le mur de la chambre que j'occupe chez mes grands-parents. Mon père parvient enfin à m'interrompre. Sa voix grave emplit ma poitrine de joie.

— Coucou, ma puce.

— Coucou, papa.

Je m'apprête à me répéter, je me dis qu'il n'a pas dû m'entendre.

— J'aurais adoré, ma Sarachou, mais je ne peux pas. Je suis pris pour Noël, tu te souviens, je t'en ai parlé ? Je suis avec Hannah et Marie-Hélène.

— Ah, oui, je me rappelle.

— Voilà, désolé, ma Sarah. Joyeux Noël !

— Oui, toi aussi, un bisou à elles deux.

— Ça marche. Bisous.

Et il raccroche.

J'ai huit ans, alors je ne remarque pas qu'il ne me demande pas comment je vais, ce que j'ai eu à Noël. Il ne me dit pas quand on se verra ni même quand on pourra fêter ça ensemble. Il ne me transmet aucune salutation de ma belle-mère, Marie-Hélène, ni d'Hannah, ma grande demi-sœur, pas plus qu'il embrasse ma mère ou mes grands-parents. Je suis juste heureuse de l'avoir au téléphone.

Je suis persuadée qu'il ne vient pas parce qu'il ne peut pas, pas parce qu'il n'en a pas envie.

Je me dis que Noël prochain, c'est sûr, il sera là. Et on se verra, et on pourra partager la joie d'être ensemble. Et sa présence vaudra mieux que n'importe quel cadeau. La joie vaudra bien dix mille Barbie !

Et puis, j'ai cet espoir idiot qu'il viendra peut-être quand même. Qu'il me fait une surprise? Alors, je lui envoie des messages, mais il ne répond plus. Rien. C'est toute triste que je retourne en bas, que je retrouve ma mère, mon papi, ma mamie. Ils me regardent descendre, tentent de lire sur mon visage les dizaines d'émotions qui s'y mêlent. Mon grand-père déchiffre surtout ma tristesse, alors, sans hésiter, il me prend sur ses genoux, me montre des secrets tirés de ses placards, me raconte des histoires qui me font oublier l'ombre, l'absence.

Quand on passe à table, le repas de mamie me distrait de l'absence de papa pour la soirée. Du fait qu'il est avec son autre famille. Qu'eux sont au complet, et donc forcément plus heureux que nous, non?

Conseil #1

Savoure le moment présent! Pour être heureux·se, il faut arrêter de penser à hier, à ce qu'on a dit, à ce qu'on va

faire le lendemain, et arrêter de se comparer. Reste dans l'instant, savoure le rayon de soleil sur ta peau, le bruit des oiseaux, le livre que tu lis. Chaque chose en son temps. Pour la Sarah de huit ans, penser à son père a ruiné une partie de son Noël. Elle a cherché son bonheur ailleurs. Pourtant, il était déjà là : dans le repas préparé par ses grands-parents, dans les histoires racontées par son papi, dans ce moment parfait, créé par toute sa famille pour elle.
Ton bonheur ne tient à personne d'autre qu'à toi.
Ne compte pas sur les autres pour être heureux·se.
Les gens ne seront pas toujours là.
Ils seront peut-être pris, ailleurs, plus dans ta vie.

ALORS, FAIS CE QUI, À TOI, TE FAIT DU BIEN.

Profite des personnes avec qui tu es sans penser aux absents, du moment sans penser à celui passé, à celui à venir.

Bien sûr, ça ne vient pas toujours tout de suite, le bonheur, ça s'entraîne. Au début, tu auras toujours des pensées négatives. « Mince, est-ce que j'ai fait mes devoirs pour demain ? », « Hier, je n'aurais pas dû dire ça, j'ai dû avoir l'air idiot·e », « Franchement, ma pote a bien plus de talent que moi, je suis trop nul·le ». Au fur et à mesure, tu prendras le pli, tu trouveras ton bonheur dans de petits instants, puis dans des journées entières. En les vivant juste à fond ! Pour ça, voici une petite liste de choses que tu peux faire, te répéter :

- Inspire, retiens ta respiration, expire, retiens ta respiration. Compte quatre secondes à chaque fois. On appelle ça la respiration carrée, et elle permet de se concentrer, de se focaliser sur le moment présent.
- « Je suis assez, je suis la source de mes joies, l'acteur·rice de mon bonheur, je n'ai besoin de personne. »

- « Tes pensées négatives te mentent. »
- Regarde autour de toi, trouve quelque chose de beau, mignon, tendre : c'est un petit éclat de bonheur.

Mais ce jour-là, ce Noël-là, bien sûr, il était très difficile pour moi de voir la joie. Maintenant, pourtant, je m'en souviens avec douceur, de cette journée de décembre. Je me rappelle les odeurs enivrantes de la cuisine, les petites décorations dans le sapin et la lumière qui jouait dessus, ça faisait des reflets trop chouettes. Je me souviens de mon grand-père, de ses blagues, de son rire.

À huit ans, ce n'est pas la même musique, malheureusement. Je ne retrouverais pas ces moments, ça ne sert à rien de les réécrire, de les regretter, mais j'aimerais juste dire à cette jeune Sarah que ce n'est pas grave, de faire un Noël sans son papa. Ça ne veut pas dire que sa famille n'est pas parfaite, ça ne veut pas dire qu'elle n'est pas complète, ça ne veut pas dire, surtout, qu'elle n'est pas *heureuse*. On peut être heureux·se seul·e, à deux, sans père, sans mère.

Mais à cette époque, je me disais juste que je ne devais pas être aussi parfaite qu'Hannah, ma grande demi-sœur. Pour qu'il passe tous ces jours et toutes les fêtes avec elle, j'ai imaginé qu'elle devait être meilleure que moi. Alors, sous les boules de Noël, les chants de Tino Rossi, je me suis promis une chose : être assez bien pour mon père, mériter son amour. Sans me l'avouer, j'avais en tête que le bonheur ne pourrait être à portée de main que s'il était là au prochain Noël.

Sarah, tu étais assez pour ton père. Tu étais assez tout court. Tu as toujours été assez.

En fait, c'est lui qui n'était pas assez bien pour toi.

Mais je vais mettre un long moment à m'en rendre compte.

Chapitre 2

Même en dehors de Noël, la petite Sarah de huit ans cherche son papa partout. Je ne me le disais pas comme ça, bien sûr, mais j'étais persuadée de ne pas être assez bien, de ne pas faire assez bien, de ne pas être aussi bien que ma demi-sœur Hannah. Je me comparais à elle, je tentais de l'imiter, de faire mieux, pour avoir ce qu'elle avait.

Alors, à l'école, je travaille beaucoup et je me donne à fond. Je le fais bien sûr pour rendre mes grands-parents et ma mère fiers, mais dans un bout de mon crâne, je me dis surtout que ça fera revenir mon père, qu'il me considérera autant qu'Hannah.

Je me souviens, j'ai huit ans donc, et je galère sur l'Histoire-géographie. Retenir des noms de personnes illustres il y a des siècles de ça, ça ne me parle pas. Apprendre de manière bête et méchante, encore moins. Mais je m'accroche, parce que je pense à lui. À la fierté quand je vais lui filer mon bulletin du trimestre. Et, comme l'Histoire-géo est ma bête noire, je fais encore plus d'efforts. Et j'arrive à décrocher une sacrée note ! Maman, papi, mamie rayonnent de joie, ils m'enlacent, me félicitent, comprennent à quel point ce n'était pas gagné. Mais je m'extirpe assez vite de leurs bras et je fonce pour téléphoner.

J'ai hâte de dire à mon père quelle note j'ai eue en Histoire-géo. Je voudrais le voir, lui montrer mon contrôle, lui montrer les quelques erreurs que j'ai faites (et que je ne ferai plus jamais maintenant). Je tiens ma feuille dans mon poing, le téléphone dans l'autre et je regarde cette note entourée en haut, à côté de mon prénom, de mon nom (le sien).

Mais ça sonne, et il ne répond pas.

Je regarde l'heure, 17 heures, un mardi. Donc, il travaille. Donc, en l'appelant directement au PMU qu'il possède, je sais que je devrais tomber sur lui. J'imagine la sonnerie en boucle qui agace les clients en train de scruter leurs tickets à gratter.

Personne. Je raccroche, j'attends cinq minutes.

Et je lui trouve bien sûr toutes les excuses du monde : il n'entend pas le téléphone, il est en pause pipi, il est avec un client super important, le maire peut-être bien, et il ne peut pas répondre.

Et puis, je rappelle. Seulement, cette fois, je ne tombe pas sur mon père, mais sur ma belle-mère, Marie-Hélène.

Mon père était avec elle avant de rencontrer ma mère. Ensemble, ils ont eu Hannah. Et puis, ils se sont séparés et mes parents se sont mis ensemble après avoir eu un vrai coup de foudre. J'ai huit ans, alors je ne sais pas encore trop comment tout s'est fini, comment ma mère et mon père en sont arrivés à se séparer, comment il est retourné avec Marie-Hélène, et pourquoi.

Mais je vis avec l'image de cette famille parfaite sous les yeux depuis toujours.

Marie-Hélène ne m'aime pas. J'ai beau être une enfant, on a quand même une intuition à cet âge-là et je ne me fais pas d'illusion, elle ne me supporte pas. Alors, quand c'est sa voix que j'entends de l'autre côté du combiné, je ne suis pas ravie.

— Bonjour, je réponds toujours polie, comme maman me l'a appris, est-ce que je pourrais parler à papa, s'il te plaît ?

— Ha, ha, ouais, et c'est qui au juste, ton père ?

Et elle raccroche sans un mot. À croire que la politesse lui écorche la bouche. Je reste avec le téléphone, la sonnerie qui résonne sur le néant et un cœur en morceaux. J'imagine forcément le pire, ce qui pourrait le plus me faire souffrir : Hannah, accoudée dans un coin du PMU en train de faire ses devoirs, aidée par mon père, surveillée du coin de l'œil par sa mère. Elle a ses deux parents, elle leur montre sa super note et ils l'embrassent, tout fiers. Je les imagine, tous les soirs, autour de la table, en train de rire, de manger, de se créer des souvenirs que je n'aurai jamais.

Je pleure sur ce fantasme, parce que je sais qu'il ne s'appliquera jamais à moi.

Et je pleure aussi parce que je suis une enfant de huit ans et qu'une femme mature vient de me parler comme si j'étais une ordure qu'elle poussait du bout du pied. Maintenant que j'ai un âge plus proche de celui qu'avait Marie-Hélène à cette époque, je suis écœurée. Comme peut-on détester une fillette qui n'a rien demandé, qui n'est responsable de rien ? Comment peut-on parler comme ça à une gamine innocente ?

J'ai huit ans, j'ai tout fait pour avoir une bonne note en Histoire-géo, pour que mon père me voie, pire, juste pour l'avoir au téléphone et entendre un peu de fierté, et je me retrouve à pleurer toute seule sur ma copie. L'encre bave, mais tant pis.

Pendant des jours, je suis hantée par cette image de famille parfaite, par Hannah qui a la vie que je rêverais d'avoir et qui me semble impossible à toucher du doigt. Quand je la croise, au détour de notre petite ville, et que je remarque qu'elle a une nouvelle coupe de cheveux, c'est plus fort que moi, je demande à maman de me couper les cheveux.

Je surveille de près les coups de ciseaux. Là, un peu plus haut, là, cinq centimètres en moins, non, la frange un peu plus à droite. Dans ma tête d'enfant de huit ans, je me dis que si j'ai la même coupe de cheveux, j'aurais peut-être droit au même papa qu'Hannah ?

Conseil #2

Si je pouvais serrer cette petite Sarah dans mes bras et lui rappeler qu'elle est assez, je le ferais. Parce que tu es assez, peu importe ce que tu crois. Tu es parfait·e comme tu es. Quand j'avais huit ans, les réseaux sociaux n'existaient pas encore. On avait juste le début de MSN (bonjour le coup de vieux !). Mais croiser Hannah dans la rue et m'inspirer de sa coiffure, ça revient un peu au même, en réalité. Je pensais qu'en l'imitant, j'aurais sa vie. Je pensais qu'en la voyant deux minutes dans la rue, avec un grand sourire, je pouvais savoir ce qu'elle vivait, ça suffisait à alimenter ma vision d'un bonheur parfait.

Les réseaux sociaux, à notre époque, ont un peu le même rôle : on se compare. On pense que ce qu'on voit en stories ou sur TikTok reflète la réalité. Non. Bien sûr que non. Les gens choisissent de vous montrer les plus beaux aspects de leur vie. Chaque photo peut être retouchée, chaque corps bien éclairé, avec la bonne pose, peut être très différent de la réalité. Et pourtant, même quand on le sait, c'est dur parfois de ne pas continuer à se comparer, de ne pas se dire « Mince, je ne suis pas assez ».

Alors, il ne faut pas hésiter à se couper des réseaux sociaux.

RECENTRE-TOI SUR TA VIE, SUR TES PLAISIRS, APPRENDS À T'AIMER À NOUVEAU SANS TE COMPARER À DES IMAGES ET DES MODÈLES QUI SONT DE TOUTE FAÇON ILLUSOIRES.

Les réseaux, c'est comme les histoires d'amour, c'est le meilleur et souvent le pire aussi.
Et, à l'inverse, dans la vraie vie, on peut aussi faire attention aux autres. Leur faire comprendre qu'ils sont assez, qu'ils sont parfaits, et transmettre un peu de positif. Si tu vois ta boulangère et que tu trouves que son maquillage est vraiment canon aujourd'hui, pourquoi ne pas le lui dire ? Ça ne mange pas de pain (ha, ha) et ça illuminera sa journée.
Tu peux également appliquer la règle des quinze secondes.

SI TU VEUX PRENDRE SOIN DES AUTRES, COMMENCE AUSSI PAR FAIRE CE QUE TU AIMERAIS QU'ON TE FASSE.

Par exemple, on ne fait pas de remarques sur le physique des gens. C'est tout simple, mais si tu vois quelque chose chez quelqu'un, demande-toi très vite si cette personne peut changer ce détail dans les quinze secondes.
Si elle a un bout de salade entre les dents, c'est OK et gentil de le lui faire remarquer.

Une peluche dans les cheveux, parfait.
Par contre, si tu veux lui dire, de bonne foi et en toute gentillesse : « oh là, mais tu as l'air sacrément fatigué·e en ce moment », « Tu as maigri, non ? », abstiens-toi. Ça part sans doute d'une bonne intention, mais ton ami·e ne pourra rien y faire. Iel se voit dans le miroir tous les matins, demande-lui plutôt comment iel va, si iel est heureux·se en ce moment, épanoui·e.

Mais bon, moi, à l'époque, j'ai huit ans, et j'ai une mémoire sélective. Alors, rapidement, j'oublie que mon père ne m'a pas répondu, j'oublie la remarque acide et gratuite de ma belle-mère et je continue de travailler pour avoir les meilleures notes, je fais de mon mieux pour attirer son attention, pour avoir autant de valeur qu'Hannah.

Et, *spoiler alert*, la nouvelle coupe de cheveux n'y change rien.

Seulement, je suis hyper têtue, alors je continue, je persiste et signe. Je ne l'appelle plus au PMU, pour m'épargner de tomber sur ma belle-mère. Par contre, je lui envoie des lettres. Je sors mes plus beaux papiers Diddl (ah, une époque que les gens de moins de vingt ans ne peuvent pas connaître...) et mon plus beau crayon à paillettes, et je lui raconte mes journées, je lui annonce mes notes. Je lui demande aussi comment il va, comment se passent ses journées. Parce que oui, c'est mon père, et pourtant je ne connais rien de son quotidien.

Je ne sais pas vraiment quelle est sa couleur préférée, ce qu'il prend pour le petit déjeuner, à quoi ressemble sa voix quand il vient de se réveiller. Des détails qui me semblent essentiels.

Vous vous en doutez sûrement, je ne reçois pas de réponse.

Oh, mais ça ne m'empêche pas de continuer. Parfois, quand je vis des choses trop cool dans ma journée (un copain qui m'envoie un mot d'amour, le super dessert qu'a cuisiné papi ou la sortie scolaire prévue par l'école le mois prochain), je ne pense qu'à en parler à mon père dans ma prochaine lettre.

Seulement, j'ai beau être têtue et positive, cette absence, ce gouffre, me pèse de plus en plus.

Ce n'est que maintenant, avec le recul des années, que je me dis que ça a dû inquiéter ma mère et mes grands-parents, que c'était sans doute terriblement injuste pour eux de me voir courir après une ombre alors qu'ils étaient là tous les jours pour moi, à m'aimer pour quatre.

Mais ce qui était aussi très dur, c'était ce sentiment que je n'avais qu'eux. Que mon cercle familial était si petit. Toute la famille du côté de mon père m'ignorait totalement. Je n'avais aucune nouvelle, pas un Noël, pas de cousinades, pas d'appels de leur part pour mon anniversaire. Silence complet de tout ce côté qui partageait pourtant mon nom de famille, mais pas de souvenirs.

Et tout ça, ça me donnait l'impression de ne pas être « normale ».

Aujourd'hui, je voudrais juste dire à cette jeune Sarah, et à toutes celles et ceux qui peuvent se reconnaître dans cette situation, que ce n'est pas grave. On peut être heureux·se avec une famille très resserrée. Ce n'est pas la quantité qui compte, et pour les amis, c'est pareil. Ne compte que la qualité des gens qui t'entourent. Et j'étais entourée des meilleurs.

J'aimerais, parfois, revenir à cette époque où je vivais avec ma mère, mes grands-parents. Ma pauvre maman dormait sur le canapé pour me laisser ma chambre de grande. On se prenait parfois la tête pour savoir qui pouvait aller à la douche en premier, ou qui avait mangé la dernière brioche, mais c'était si doux de vivre tous ensemble. Les dimanches en famille, les repas devant la télé, les milliers de souvenirs qu'on a partagés.

Malheureusement, à cette époque, je ne voyais pas du tout les choses de cette façon, je ne voyais pas ça comme une grande richesse. Au contraire, je me sentais perdue, incomplète.

Chapitre 3

Cette fois, j'ai quatorze ans. J'ai grandi, et pourtant, je suis toujours aussi naïve qu'à mes huit ans. J'envoie encore des lettres à mon père, je fais parfois genre de passer devant son PMU, l'air de rien, alors qu'il n'est pas du tout sur mon trajet pour rentrer du collège.

Et, il faut croire que j'ai eu raison d'espérer parce que je reçois un appel de mon père ! Enfin ! Mon miracle de Noël est là, et j'ai presque du mal à y croire. Je vois son numéro s'afficher sur mon vieux téléphone mobile à clapet. Je le regarde trois fois, abandonne mes devoirs et me précipite dessus, la main agitée, la voix tremblante.

— Allô, papa ?

Je pose la question, comme si quelqu'un d'autre allait me répondre, comme si ma belle-mère me faisait une sale blague et allait me cracher au visage « Eh ben, et puis, c'est qui, ton père à toi, de toute façon ?! ».

Mais non, c'est bien la voix grave, enfumée, de mon père, qui me répond.

— Coucou, ma puce, tu vas bien ?

Je m'assois sur mon lit, le cerveau qui carbure à toute allure. Pourquoi est-ce qu'il m'appelle, qu'est-ce qui se passe ? Comment je lui raconte mes derniers mois ? Est-ce que je lui parle de Bastien, sur qui j'ai un *crush* ? Du dernier gâteau à la cerise de mamie ? J'ai du mal à trier toutes les pensées qui fusent dans ma tête. Je ne veux pas lui faire regretter cet appel, je veux lui raconter ma vie, écouter la sienne, avec cette peur, au fond du cœur, qu'il ne rappelle plus jamais.

— Et toi, ça va ?

— Oui, oui, ça va. Et tes notes ?

Alors, je lui parle de mes notes, et de tout ce qu'il veut entendre. Je ne lui dis pas qu'il me manque terriblement, je ne lui dis pas que je me sens nulle et moche et bête et inintéressante à côté de son autre fille, je ne lui dis pas que je le cherche tout le temps dans la rue, je ne lui dis pas que je meurs de connaître une enfance à ses côtés. Il ne dit rien non plus. La plupart du temps, il m'écoute et approuve d'un petit « Ah », « Hum », « Ah oui ? ». Il ne pose pas de questions sur maman ni sur mes grands-parents. Mais je m'en contente.

On parle de la pluie et du beau temps, mais ça fait revenir le soleil dans mon cœur.

Cette conversation, c'est tout ce que j'espérais ! Bien sûr, je lui parle de Bastien et il ne me prodigue pas de conseils, ne me met pas en garde, mais il m'écoute. Je lui pose des dizaines de questions, rien que pour entendre le son de sa voix. Parfois, je l'entends qui inspire fort et je l'imagine avec une cigarette, sur le parking, devant son PMU.

— Bon, je dois y aller, ma puce. À plus tard !

— Bisous, papa.

Le « Je t'aime » me brûle les lèvres, mais je ne le dis pas. Je le garde pour le prochain appel, la prochaine rencontre. Je m'accroche à ce « plus tard » et je fixe mon téléphone pendant des jours en attendant qu'il rappelle. Je me dis que, ça y est, j'ai le droit à une petite place dans sa vie, et c'est super, je m'en contente. Je me contente de toutes les miettes dont Hannah ne veut pas.

Sauf que, bien sûr, il ne rappelle pas. Mais vous vous en doutiez, pas vrai ?

Moi, non. Pas vraiment. J'espérais et je n'osais pas croire qu'une nouvelle fois, j'allais devoir renoncer à mon père. Mais il n'a pas rappelé. Alors, têtue pour deux, c'est moi qui ai fait le premier pas, encore. Mais il n'a pas répondu. Ni à mes appels ni à mes lettres. Silence total, encore.

J'ai quatorze ans. Je ne suis plus aussi naïve qu'à mes huit ans, mais je souffre plus fort. J'ai le cœur adolescent, qui s'érafle à la moindre parole un peu blessante, j'ai l'âme à fleur de peau. Alors, je me demande ce que j'ai fait de mal. Car, bien sûr, ça doit être ma faute, non ?

Heureusement, alors que je commence à faire le deuil de la présence de mon père, je fais une rencontre tellement précieuse. La vie, elle est étrange, parfois. Elle t'enlève des gens, et elle en met d'autres sur ta route. C'est comme ça que, par hasard, je me suis rapprochée de ma cousine, Marine, que j'avais perdue de vue depuis... ben, toujours.

Elle est du côté de mon père, de ce côté qui m'a tourné le dos en même temps que lui et dont je n'espérais plus rien, même pas un message de « Joyeux anniversaire ».

Et pourtant ! Marine, un jour, a frappé à la porte de mon existence, et elle ne l'a plus quittée.

(Re)trouver cette cousine m'a fait un bien fou. Ça me donne accès à ce côté de la famille dont je me sentais exclue depuis toujours. Elle m'intègre à nouveau, elle me donne le sentiment d'être vue, d'être aimée. En plus, Marine a le même âge que moi, alors on s'entend comme Tic et Tac. On est, rapidement, toujours fourrées ensemble à faire les quatre cents coups.

Elle vient dormir à la maison, on passe nos week-ends à faire les boutiques, à s'inventer nos vies.

— Je serai vétérinaire, elle m'annonce avec emphase.

— Mais, Ma', tu es nulle en SVT ! Et tu sais que ça veut dire qu'il faut mettre sa main dans le cul des vaches ?

— Quoi ?! Ah non, dégueu !

On rit, on mange des bonbons, on apprend à faire nos premiers traits de liner, à lisser nos franges comme l'imposent les années 2000. On fantasme sur les chanteurs de *boys band* comme Justin Timberlake et on parle de nos familles.

On parle de mon père, notamment, de son absence.

Marine a ses parents, une grande sœur, elle a du mal à imaginer ce que ça fait, de ne pas vivre avec un père qui est dans la même ville, qui est là, mais pas là. De vivre dans la maison de ses grands-parents, de laisser sa mère dormir sur le canapé, de voir que son dos la fait de plus en plus souffrir.

Alors, je lui explique, et elle m'entend et elle m'écoute, pour de vrai.

Quand je l'appelle, elle me répond. Bref, elle est là. C'est comme une ancre à laquelle je me raccroche parfois.

Et puis, j'ai dix-huit ans. Je suis enfin une adulte. Ça fait longtemps que je sais me maquiller sans regarder de tuto YouTube, je ne craque plus sur Justin Timberlake, la mode de la frange lissée est passée, l'envie d'être véto de Marine aussi.

Mon père ne me manque presque plus. Je m'en convaincs tous les jours.

J'ai arrêté de passer par le PMU, arrêté de lui envoyer des lettres, arrêté de l'appeler. Mais, alors que la majorité me frappe, que je fête ça, sans lui, j'aimerais qu'il soit là. Je m'imagine vieille, à trente ans, et je prends conscience qu'il ne sera sur aucune photo. J'imagine que quand j'aurai des enfants, il ne sera pas sur les clichés, ne figurera dans aucun souvenir. J'ai retrouvé une partie de sa famille, ma cousine, mais d'autres aussi, qui sont venus fêter ça, et lui est toujours aux abonnés absents.

J'en parle à Marine, parce qu'elle est là, et qu'elle m'écoute si bien.

— Tu devrais aller le voir, elle suggère. Lui dire tout ce que tu penses.

— Non, je peux pas, il s'en fiche, non ?

— Tu n'as rien à perdre ! Sarah, tu es une adulte maintenant, alors, va le voir.

Je laisse ses paroles macérer au fond de mon ventre pendant des jours, jusqu'à ce que j'arrive à concentrer assez de courage pour écouter ma cousine. Je lui envoie un SMS :

Cette fois, c'est bon, j'y vais !
Mais j'ai besoin de toi <3.

Sa réponse ne se fait pas attendre :

Toujours là pour toi.

On décide que j'irai dès le lendemain.

Mon père ne possède plus de PMU, mais, désormais, il gère un restaurant. Je le connais bien, et je n'y ai jamais mangé. La simple idée de demander une table, de me faire recevoir par ma belle-mère, me donne des sueurs froides.

Grâce à Marine, je me sens capable d'y aller, de l'affronter. D'attendre de lui, pour mes dix-huit ans, plus qu'un froid « Joyeux anniversaire ».

Je veux lui montrer qui je suis, quelle fille il a. Alors, je prépare ma tenue pendant des heures. Marine m'aide à me maquiller, comme avant, et à me coiffer. On pourrait croire que je pars à un *date*, mais non, je veux juste que mon père voie la meilleure version de moi-même, qu'il regrette de ne pas m'avoir regardée grandir. Je voudrais qu'il voie ce que je suis devenue, malgré lui. J'aimerais qu'il ait envie de passer du temps avec moi, qu'il me retienne un peu, qu'enfin il vienne vers moi. Je suis tellement fatiguée d'attendre un signe de sa part.

Quand le moment arrive, que je sors de la voiture pour m'avancer vers la porte, je manque de faire demi-tour. C'est Marine qui me retient par la main et m'amène à la porte d'entrée avec un grand sourire.

— Tu vas y arriver, tu gères. Je suis là.

Je n'ai pas besoin d'en entendre plus et je la suis à l'intérieur. Je découvre alors le restaurant.

Je ne peux pas m'empêcher de me demander si c'est lui qui a choisi le mobilier, si c'est lui qui a préparé les petites ornementations sur les tables, ou si c'est ma belle-mère. C'est mon deuxième réflexe, d'ailleurs : la chercher partout. Je l'imagine bien se planquer derrière un pilier, alors je regarde dans les ombres, en vain. Elle n'est pas là, heureusement.

Je lisse ma robe, passe en boucle ma main dans mes cheveux.

— Ah, Sarah ? Qu'est-ce que tu fais là ?

Il est là, habillé avec sa chemise impeccable. Il m'embrasse la joue, réserve le même traitement à ma cousine et nous salue d'un sourire. J'aurais pu débarquer en pyjama, il n'y aurait pas eu de différence. Il nous demande comment on va, nous parle de ce temps caniculaire pour la saison, des gens qui viennent nombreux au restaurant, et il nous invite pour un café.

Je me dis qu'on va partir de là, qu'on va aller ailleurs, mais on s'installe en plein milieu de la salle, sur les tables blanches. J'ai peur que ma belle-mère débarque à tout moment, je n'ose pas parler. Je n'imaginais pas du tout les choses comme ça ! Comment je pourrais tout lui déballer là, en plein milieu de son restaurant, alors que les serveurs sont en train de préparer le service du soir ?

Il boit son café en deux secondes, comme s'il était déjà pressé de retourner au travail.

— Comment tu vas, ma puce ?

— Bien. Merci.

J'ai du mal à articuler, encore plus de mal à ignorer les regards lourds de sens de Marine à mes côtés. Mais je suis incapable de lui dire : « Papa, écoute, tu as toujours été absent, et j'en ai beaucoup souffert. Je sais que tu as Marie-Hélène et Hannah, mais je suis ta fille aussi, et j'avais besoin de toi. *J'ai* besoin de toi. Et je souffre de ton absence, de ton silence. Je n'arrête pas de me demander pourquoi je ne suis pas assez bien pour toi, pourquoi tu ne veux pas être là. Alors, juste, s'il te plaît, explique-moi, ou reviens dans ma vie, juste un peu. »

Au lieu de ça, je dis simplement :

— Bon, ben, on va te laisser t'y remettre.

— Oui, super de vous avoir vues !

Il embarque les trois petites tasses dans ses grandes mains et disparaît derrière le bar. Plantée dans l'entrée, Marine me regarde sans broncher. Je vois osciller dans ses yeux une tristesse mêlée à une déception. Elle voudrait que je puisse me libérer de tout ce que je ressens. Je sais ce qu'elle pense, elle se dit que je passe à côté de l'occasion de dire ma vérité.

Conseil #3

Parler est sans doute la chose la plus saine à faire, dans n'importe quelle situation. Garder des choses sur le cœur ne fera qu'empirer la situation. Tu as le droit de t'exprimer, de dire clairement ce que tu ressens, pourquoi tu te sens comme ça, pourquoi telle ou telle situation t'a blessé·e. Il faut parler, mais parler avec mesure, sans s'emporter. Dis calmement les choses : « Je n'ai pas apprécié quand tu as fait ça, tu m'as beaucoup blessé·e » et pas « Pourquoi t'as fait ça ? T'es vraiment un pourri ! », par exemple.

Plus tu parles tôt d'une situation qui te pèse, plus vite tu seras libéré·e d'un poids, et surtout tes reproches ne ressortiront pas de la pire des manières. Quand on retient trop, on peut ensuite être agressif·ve, sur la défensive, et ça ne fera qu'envenimer tes relations avec tes proches.

PRENDRE LA PAROLE, EXPRIMER SES ÉMOTIONS POSÉMENT ET CALMEMENT VAUT D'AILLEURS POUR TOUTES LES RELATIONS : AMICALES, AMOUREUSES, FAMILIALES, PROFESSIONNELLES.

Au lieu de garder des fruits pourris au fond du ventre, on parle, on dit sa vérité, sans hausser la voix. Ensuite, ton interlocuteur l'entend, ou pas, ça le regarde, mais ne sens-tu pas qu'un poids est parti de tes épaules ? Si j'avais pu, j'aurais rejoué cette scène. Je n'aime pas les regrets, ils ne mènent à rien, ils servent juste à rendre l'âme amère. Mais pour le coup, ce jour-là, j'aurais aimé que la Sarah de dix-huit ans ait eu ce conseil.

Qu'elle parle.

Voici tout ce qui aurait pu se dire, voici comment j'aurais aimé que ça se passe.

— Attends, papa !

Marine me regarde avec un sourire et me laisse filer en arrière-cuisine. Mon père est là, en train de briefer des serveurs.

— Je peux te parler, seul à seule, s'il te plaît ?

Il jette un regard étrange à ses collaborateurs, mais me fait un signe de main et m'emmène dans un petit bureau que je n'avais pas remarqué. Il me fait asseoir en face de lui, sans un mot. Il ne doit pas comprendre ce qui se passe, mais de mon côté j'ai besoin de deux secondes pour organiser mes pensées.

Quand j'y vois plus clair dans mon cœur, je me mets à parler. D'une voix égale, en essayant de lui expliquer comment je me suis sentie, toutes ces années. Ce que j'aimerais qu'on change, pour que ça aille mieux, pour que *j'*aille mieux.

— Tu sais, papa, à la base je suis venue pour discuter avec toi. C'est difficile, alors écoute-moi, d'accord ? Je voulais juste que tu saches que je t'aime, tu es mon papa, tu es important pour moi. Mais, parfois, j'ai l'impression que je ne le suis pas pour toi, et ça me fait mal. J'aimerais passer du temps avec toi, qu'on s'appelle davantage, que tu répondes à mes lettres. Ça m'arrive de me demander ce que j'ai fait de mal, si tu m'aimes. Je sais que tu as une autre famille, je le comprends, mais... tu me manques.

Dans un monde idéal, mon père m'aurait prise dans ses bras, m'aurait dit qu'il m'aimait aussi, qu'il était désolé de me blesser. Mais ça ne s'est pas du tout passé comme ça. Loin de là.

En réalité, quand il part avec les tasses, j'arrive à le retenir, je trouve ce courage, et de ça, je serai toujours fière.

— Attends, papa !

Marine me regarde avec un sourire et me laisse. Mon père est là, ses tasses dans les mains.

— Je peux te parler, seul à seule, s'il te plaît ?

Et il se retourne. Je ne parviens qu'à une version plus courte, moins franche, mais l'essentiel est là :

— Est-ce que tu crois qu'on pourrait se voir un peu plus ?

Je ne lui dis même pas que je l'aime, qu'il me manque.

— Écoute, Sarah...

J'anticipe le refus, alors je comble ce moment avant sa réponse, je le retarde autant que possible.

— Non, mais, juste se voir un peu? Pas longtemps.

— Je ne peux pas.

Je sens Marine qui se tend en même temps que moi. La violence de cette phrase. Je ne la comprends pas. Elle me frappe comme une gifle. Il doit voir, à ce moment, que je suis blessée, parce qu'il reprend.

— Ce que je veux dire, c'est que Marie-Hélène ne voudra jamais. Tu sais, comprends-la, pour elle, voir la fille, c'est comme voir la mère. Dès que je passe du temps avec toi, elle a l'impression que je la trompe. Je ne peux pas lui faire ça.

Je voudrais hurler. Lui hurler que je suis sa fille, que non, je ne peux pas la comprendre. Qu'il ne peut pas lui faire ça, à elle, mais il peut, moi, m'abandonner, m'ignorer, me laisser me construire dans son ombre, à me demander chaque matin pourquoi je ne suis pas assez bien pour lui ? Je le trouve tellement lâche, à cet instant, que je me retiens de parler, je me retiens de répondre.

— OK.

C'est tout ce que j'arrive à répondre. Marine lui balance des éclairs avec ses yeux, me prend par la main et m'emmène très loin de là. On marche longtemps, on ignore la voiture, on continue juste à déambuler dans les rues chaudes. Ça me fait du bien, parce que mes pensées se percutent. Marine ne dit rien, elle respecte mon silence, elle voit le choc sur mon visage. Et puis, quand je suis à des mètres et des mètres du restaurant, j'explose en larmes, et c'est Marine qui récupère les miettes de mon cœur sur le trottoir.

C'est là, assise par terre, en ruines, que je comprends que le sang ne veut rien dire. Que je ne veux plus de lui dans ma vie, il ne me mérite pas. Je sais que je dois faire le deuil de cette relation, je ne sais juste pas combien de temps ça me prendra. Mais je suis prête. Quand je me relève, j'enterre les espoirs naïfs de la petite Sarah de huit ans, j'enterre l'enthousiasme de la Sarah de quatorze ans après un coup de fil, et je me relève.

Je ne me perdrai pas dans l'ombre de mon père.

Cette fois, je vais partir à la découverte de ma propre lumière.

Conseil #4

Je sais que les réseaux sociaux nous vendent l'image du bonheur parfait, stable, constant. Mais c'est faux ! on a aussi le droit de se sentir en colère, triste, vexé·e, frustré·e, tout ça et d'être en même temps heureux·se. Les émotions sont complexes, *Vice-Versa* nous l'a bien montré !

ET C'EST OK DE NE PAS TOUJOURS ÊTRE AU TOP, DE NE PAS TOUJOURS ÊTRE JOYEUX·SE.

Assume tes émotions, ne tente pas de les refouler et accepte-les. T'es en colère, c'est OK, prends un moment pour comprendre pourquoi, pour te défouler un bon coup et pour accepter ça. Et ensuite, passe à autre chose.

RAPPELLE-TOI TOUJOURS QUE TES ÉMOTIONS NE TE DÉFINISSENT PAS. ET C'EST PAREIL POUR TES RELATIONS. ELLES VIENNENT, ELLES PARTENT, ELLES PASSENT.

J'ai mis du temps à faire le deuil de mon père. De la place que je voulais qu'il ait dans ma vie. Mais j'ai continué à avancer, sans plus rien attendre de lui qu'un petit message pour mon anniversaire et pour me souhaiter un bon Noël. Je réponds, je n'attends plus rien, et je n'ai rien de plus, en effet. Il m'avait prévenue, il m'a juste fallu un moment pour l'accepter.

Seulement, depuis que je connais la vérité, depuis que je sais ce qu'il est prêt à m'offrir, je peux passer à autre chose. J'avais besoin de cette gifle pour avancer. Et de Marine, et de ma mère. Elles ne m'ont pas lâchée. Elles m'ont fait penser à autre chose les jours où c'était trop dur, elles sont ma vraie famille.

Comme me l'a dit maman, c'est grâce à des expériences comme ça qu'on peut apprendre. Et j'ai en effet appris une grande leçon : reconnaître les autres pour ce qu'ils sont. Ne pas projeter des attentes sur des gens, parce que c'est le meilleur moyen d'être déçu·e. Surtout, ne pas toujours leur chercher des excuses. On peut aimer quelqu'un, mais ne pas tout lui pardonner, surtout pas quand on est blessé·e.

Honnêtement, j'aurais pu blâmer ma belle-mère, faire de Marie-Hélène la méchante sorcière de mon conte de fées et lui offrir le pire rôle. Me dire que mon père était une victime, que ce n'était que sa faute à elle, si je ne le voyais pas. Mais non. Elle n'est pas responsable de la relation misérable que j'ai avec mon père. Il a été lâche, et il m'a fait mal. Et il n'a aucune excuse.

Alors, j'ai avancé, sans trop regarder en arrière, sans espérer plus que ce qu'il était capable de m'offrir.

Chapitre 4

Seulement, avant d'arriver à cette maturité, j'ai dix-sept ans.

J'ai grandi, et en parallèle de tout ce qui se passe avec mon père, je me découvre, je découvre quelle jeune femme je suis, quelle femme je veux devenir. Marine savait qu'elle voulait être vétérinaire puis esthéticienne, moi, j'ai longtemps hésité, je me suis laissé porter avec une seule envie : rendre ma mère et mes grands-parents fiers, faire des études pour leur restituer tout ce qu'ils ont sacrifié pour moi.

Alors, je donne tout pour mon bac, je fais au mieux, avec dans l'idée de m'orienter peut-être dans une filière de lettres, d'aller même à la Sorbonne, quelle classe, quel rêve ! Je vois bien que ma famille tente de ne pas me mettre la pression, mais que les yeux de ma grand-mère brillent dès que je prononce le mot « Sorbonne ».

Alors, même si je suis un peu perdue pour mon avenir, je continue d'avancer. Et surtout, je suis assez mature à cet âge pour comprendre tous les sacrifices de ma famille. Je décide donc très vite de mettre la main à la pâte pour aider. Je me trouve des petits boulots, de quoi remplir un peu le frigo ou être indépendante pour gérer mes loisirs, sans demander à ma mère de se saigner encore plus.

Mais surtout, au milieu des amis, des études, des brouilles avec mon père, je découvre évidemment l'amour ! Oui, à dix-sept ans, c'était même ma priorité. Et, bien sûr, comme j'ai dix-sept ans, j'imagine aussitôt que c'est le beau, le pur, le vrai, l'éternel, et que cet homme, Alban, est l'homme de ma vie.

Spoiler alert : non.

J'ai donc dix-sept ans, et lui est plus âgé. Il conduit, il boit, il peut aller en boîte sans mentir, et je trouve ça tellement sexy, tellement attirant ! Je le trouve cool, et par association, je me dis qu'en étant avec lui, ça fait de moi quelqu'un de terriblement cool aussi. Logique, non ?

Spoiler alert : toujours non.

Surtout, j'aime que ce ne soit pas un gamin, qu'il soit plus mature, qu'il ait déjà un petit boulot, qu'il soit indépendant. Ce n'est pas un enfant, comme les autres lycéens. Et je l'aime terriblement.

Je le rencontre par hasard, parce que c'est le pote d'un grand frère d'une amie, qui s'est ramené à une soirée un samedi alors qu'il n'était même pas invité. Je le vois tout de suite. Dès qu'il entre, je le remarque. Et je suis un peu maladroite, pas forcément à l'aise dans mon corps, donc je ne sais pas comment l'aborder. Je me contente de l'observer par-dessus mon verre, de lui sourire et de rougir. Beaucoup. Et puis, il finit par venir me parler, et je trouve ça tellement sexy, aussi. Moi qui suis surtout habituée à la gaucherie des lycéens qui envoient un pote à leur place ou un mot en cours, là, il a le courage de venir m'aborder directement.

Je l'accompagne dehors pour fumer un peu. Il me parle de lui, me pose des questions, mais c'est son regard, surtout, qui continue d'enflammer mes joues. Il est tellement beau, tellement sûr de lui, je dois tomber amoureuse de lui, là, à sa deuxième cigarette.

Et puis, je ne pense qu'à lui.

J'ai dix-sept ans et j'aime à fond, je donne tout, je ne vis que pour l'autre. Je suis toujours un peu comme ça, j'aime sans concession. Je suis prête à tout pour Alban, je fais passer tout après lui. Petit à petit, je renonce à des parties de moi-même.

Par exemple, on part dans un Club Med en Tunisie, avec ma mère.

Et je passe tout le séjour à ignorer le luxe autour de moi, à ignorer les sacrifices de ma maman pour nous offrir de telles vacances.

Je ne pense qu'à Alban. Je ne souris pas parce qu'on peut passer l'après-midi dans les marchés de Djerba, mais parce qu'il me parle de son film préféré et qu'il me propose de venir chez lui pour le regarder avec lui dès mon retour. Je ne m'enthousiasme pas parce qu'on fait une excursion dans le désert, mais parce qu'il me dit que je lui manque tous les jours et qu'il pense beaucoup à moi. Je ne me réjouis pas parce qu'on peut passer un moment privilégié au bord de la piscine avec ma mère, mais parce qu'il m'envoie des SMS emplis d'affection en comptant les jours avant mon retour.

Quand je rentre, c'est en effet l'amour fou.

La première fois qu'on se revoie, après des milliers de messages échangés, après des mots d'amour, après des semaines à se manquer, on s'embrasse comme des amoureux de longue date. C'est naturel, c'est évident. Je ne mets que deux jours de plus avant de lui dire « Je t'aime ».

Il vient me chercher à la fin des cours, on passe un peu de temps assis ensemble sur un banc près du canal. Il me raconte ses journées, moi les miennes, mais rapidement on est surtout collés l'un à l'autre. Et puis, je repars, le cœur un peu en miettes chez moi, en attendant le lendemain.

C'est beau, c'est merveilleux, c'est l'amour fou.

J'imagine déjà ma robe de mariée, le prénom de nos enfants. Oui, comme je le disais, j'aime beaucoup, j'aime fort et pour moi, il n'y a aucun doute sur la suite de notre histoire. On va finir notre vie ensemble.

Spoiler alert : définitivement non.

Au début, c'est très subtil. Trop subtil pour que mes radars s'allument derrière le brouillard d'amour dans lequel je me perds. Je ne fais pas grand-cas de ses remarques, je suis justement tellement préoccupée par son bonheur à lui, je veux juste tellement lui plaire, que tout soit parfait.

Alors, quand il me dit :

— Oh non, mets pas cette robe, j'aime pas.

Je ne vois pas grand-chose à redire. Je repose ma robe, je me change pour un pantalon, et j'oublie mon vêtement au fond de mon armoire, pour ne jamais plus y retoucher. Je la revends plusieurs semaines plus tard, persuadée que c'est moi qui ne l'aime pas.

Ensuite, j'accepte de manger à des restaurants que je déteste, de commander les plats qu'il préfère parce que je lui en donne la moitié. Mais ça lui fait tellement plaisir. Je pourrais mourir pour son sourire, pour son regard si reconnaissant, pour la douceur de ses baisers. Je suis prête à tout.

Franchement, renoncer à une robe, à un restaurant, qu'est-ce que c'est ? C'est juste insignifiant !

Alors, j'accepte. J'accepte de modifier mes plans au dernier moment et d'annuler des soirées avec mes copines ou avec Marine parce que ça n'arrange pas Alban et qu'il veut qu'on reste juste tous les deux. Mais je l'aime tellement que je ne passe jamais trop de temps avec lui. L'inverse, par contre, n'est pas toujours vrai. Il ne peut jamais refuser un moment avec ses potes, il a toujours une excuse parfaite et il m'emballe donc son mensonge comme une Barbie dans un papier-cadeau.

J'ai dix-sept ans, et j'aime fort, au point que je m'en rends aveugle.

Seulement, le brouillard dans lequel j'évolue depuis des mois commence à me faire suffoquer. Je n'aime pas ma coupe de cheveux. Mais Alban adore me voir avec une frange et un carré, alors je vais chez le coiffeur tous les deux mois. J'ai perdu du poids, un peu trop, mais Alban n'aime pas quand j'ai des formes, il trouve que je me laisse trop aller. Alors, je suis ses conseils et les entraînements de sport qu'il me recommande. Et quand il me prend mon assiette parce qu'il ne voudrait pas « que je devienne trop grosse », ben je souris. C'est gentil, il prend soin de moi, non ?

Alors, pourquoi je n'arrive plus à me regarder dans un miroir ? Je n'arrive plus à assumer, je mens un peu à ma mère, à mes amis. J'assure que c'est mon avis, mes choix, parce que je sens que ça ne joue pas en faveur d'Alban si j'explique que je ne m'habille plus en rouge parce qu'il trouve qu'on dirait que je vais faire le trottoir. Mais il le dit pour moi, pour me protéger.

Pas vrai ?

Mon amour prend un goût amer, mais je m'accroche. J'aime toujours plus fort, et j'accepte en serrant les dents, je ferme les yeux quand je passe devant mon miroir, je me mens à moi-même.

Aujourd'hui, je lui dirais sûrement de le larguer, à cette Sarah-là, de passer à autre chose, mais je sais très bien qu'à l'époque, c'était impossible, inenvisageable. Alban est l'amour de ma vie, vous vous rappelez ? C'est le vrai amour, le beau, l'éternel. Je ne peux pas le quitter, je ne suis pas comme mes parents. Je veux un couple solide, immuable, je veux connaître cet amour. Et je suis persuadée, encore, que c'est lui le bon.

J'imagine tellement toute ma vie avec lui, autour de lui, que l'enlever de mon existence, c'est impossible. Ça ruinerait absolument tous mes rêves. Plus rien n'aurait la même saveur. Je ne le dis jamais clairement, mais je me dis surtout que larguer Alban, redevenir célibataire, ça serait un échec, ça ferait de moi une énorme nulle, une moins que rien. Alors, je ne peux pas m'y résoudre.

Je nous ai imaginés comme le *power couple*, comme la fin de la malédiction de l'amour dans ma vie, c'est exactement ce qu'on sera.

J'ai dix-sept ans, alors je me dis qu'en faisant un effort, on va passer cette mauvaise passe. Que je vais réussir à l'aimer aussi fort qu'avant. Tout peut encore s'arranger. Je m'enferme dans mon couple comme dans une cage dorée. Je serre les dents même quand nos habitudes me donnent envie de vomir.

— Est-ce que ça va, mon cœur ?

C'est ma mère qui me demande alors qu'on est en train de faire les courses. Je vois, par-dessus le caddie, son regard inquiet. Elle analyse ma silhouette, elle décrypte mon sourire triste. Elle sait. Elle sait même mieux que moi à cette époque.

Mais je me mens encore trop fort à moi-même pour sortir de mon conte de fées imaginaire.

— Oui, ça va maman, pourquoi ?

— Et avec Alban, ça va ?

— Nickel !

Je réponds très vite, je ne la trompe pas. Elle laisse passer, l'air de rien. Elle est fine psychologue, ma mère. Surtout avec moi. Elle sait me lire comme personne. Elle connaît mes qualités, mes défauts, accepte mes erreurs et cherche à écrire pour moi les chapitres les plus beaux.

— Est-ce que je t'avais dit que mon premier amour s'appelait Charles? elle lance, sur le ton de la conversation.

— Ah non, je savais pas.

— Ouais, il était beau gosse, je te raconte pas !

Je pouffe et continue de m'appliquer à remplir notre liste de courses. Je ne vois pas bien où elle veut en venir, alors je la laisse parler.

— Il était vraiment séduisant, un peu plus âgé que moi (comme quoi, on doit avoir un genre, toi et moi !) et je l'aimais tellement !

— Et ça s'est fini comment? je demande, étonnée de ne jamais avoir entendu parler de lui.

— Pas très bien, malheureusement. Au début, ça allait, hein, mais rapidement, il a commencé à changer et je ne voulais pas le voir. C'était l'homme de ma vie, Charles ! Alors, j'ai tout fait pour que ça aille mieux, mais lui ne changeait rien et je me suis rapidement rendu compte que dans notre couple, j'étais la seule à faire des efforts, la seule à vouloir améliorer les choses. Tu vois ce que je veux dire ?

Je ne réponds pas. Je ne sais pas pourquoi, j'ai les larmes qui me montent subitement aux yeux, mais je ne veux pas lui montrer, je ne peux pas accepter que son histoire résonne si fort en moi. Non, moi, je ne me trompe pas, Alban est vraiment l'amour de ma vie ! Les couples traversent parfois des moments compliqués, ce n'est pas grave.

— Écoute, mon cœur, ce que je veux juste te dire, elle reprend en tenant ma main dans la sienne, c'est que tu dois te protéger. N'accepte jamais rien à moins que tu le veuilles vraiment, pour toi. Et ce n'est pas grave, si tu ne trouves pas l'amour maintenant. Le bon peut parfois être plus compliqué que ça à trouver. Mais ne souffre pas, ne te trahis pas.

— Ouais, OK.

Et c'est tout. Je reprends la liste de courses, mon orgueil, et on continue dans les allées. Je ne peux pas accepter qu'elle ait raison, surtout pas.

Je refuse de l'entendre, et elle le comprend assez bien pour ne pas en reparler, mais pour guetter ma relation d'un œil. Pour m'offrir une épaule et des bras où pleurer dès que j'en ai besoin. Elle est dans l'ombre, ma mère, mais comme tout superhéros qui laisse son enfant commettre ses propres erreurs.

Moi, à ce moment, je suis incapable de l'entendre, incapable d'accepter qu'elle puisse avoir raison. Je mets des œillères, et je continue d'avancer.

Conseil #5

Parfois, même si c'est douloureux, il est bon d'écouter ses proches. Les gens qui te connaissent mieux que toi-même et en qui tu as une absolue confiance.
Ces personnes seront capables de te dire les vérités les plus crues et les plus douloureuses, mais qui valent toujours mieux que n'importe quel mensonge.

Parfois, aimer quelqu'un, c'est accepter de lui dire cette vérité qui blesse et qui fait mal. Et c'est vrai, c'est difficile à entendre. On joue souvent la sourde oreille, on refuse d'y croire, on se dit qu'on sait mieux que les autres. Ce n'est pas toujours vrai, surtout quand nos sentiments nous aveuglent, notamment avec une relation amoureuse où notre cerveau est noyé par la dopamine.

IL NE FAUT JAMAIS OUBLIER QU'ON MANQUE PARFOIS CRUELLEMENT DE RECUL.

Il se peut que tes proches (et les vrais proches, ceux qui t'aiment sans retenue, sans te manipuler, sans mauvaise intention) sachent mieux que toi. Je sais que c'est dur, mais tente de les écouter, de les écouter vraiment. S'ils te disent que tu devrais faire attention, qu'ils ne le sentent pas, qu'ils s'inquiètent pour toi, peut-être qu'il faut les écouter et te demander si ce qu'ils te disent n'est pas important, et vrai. Surtout, n'oublie pas que même si ça peut être pénible, tes parents, tes aînés, ont eu une vie, et des expériences. Souvent, ils ont d'excellents conseils parce qu'ils ont fait les erreurs que tu es en train de faire et qu'ils ne veulent pas que tu les reproduises. Ils essayent de t'épargner, de te faire gagner le temps qu'eux ont perdu. Après, bien sûr, c'est important de commettre ses propres erreurs, mais parfois, un proche te connaît mieux que tu ne te connais et il comprend quelque chose, des mois avant que tu le comprennes toi-même.

FAIRE SES ERREURS, C'EST IMPORTANT DONC, MAIS ÉCOUTER LES CONSEILS DE CEUX QUI NOUS AIMENT, ÇA L'EST TOUT AUTANT.

Aujourd'hui, par exemple, je me dis que j'aurais sans doute mieux fait d'écouter ma mère ce jour-là. Ça m'aurait permis d'éviter de grosses erreurs, de perdre des petits bouts de moi-même, de croire qu'un premier amour de jeunesse vaut tous les sacrifices du monde. Parce que, quand on aime très fort, on chute d'encore plus haut.

Chapitre 5

J'ai vingt ans, et je suis toujours dans cette relation qui me rend profondément malheureuse. J'ai quitté l'ombre de mon père pour m'enfoncer dans celle d'Alban. Et, alors qu'autour de moi, les potes de mon âge découvrent les adultes qu'ils veulent être, je joue un rôle pour plaire à mon amour de jeunesse.

J'imagine une vie que je sais déjà impossible.

Me marier avec lui, avoir des enfants. Ça me rend malade.

Pourtant, partir, être seule, ça me tord encore plus le ventre. Ça fait trois ans que je suis avec ce mec, trois ans que je consacre à cette relation, trois ans d'effort. Je ne peux pas tout abandonner. Je n'ai pas la force de me réinventer, de découvrir qui je suis sans lui. J'ai peur du célibat, de ce qu'il pourrait signifier pour moi. Je suis terrifiée.

Surtout, je suis encore à cette période où je ne peux pas concevoir que j'ai perdu trois ans de ma vie avec lui. Je ne peux pas avoir sacrifié ma fin d'adolescence, mon début de jeune adulte pour quelqu'un qui ne le méritait pas.

Alors, je serre les dents, je m'accroche.

Tous les matins, je mets mes œillères, j'ignore les mises en garde de mes proches, de ma mère. Et surtout, je bouge, beaucoup, tout le temps. Je m'interdis de me retrouver seule avec mes pensées. Je continue mes études, de petits jobs en parallèle, je m'occupe de mes grands-parents, je passe du temps avec mes potes, avec Marine, je révise, j'étudie, je pratique du sport. Tout pour ne pas être seule, tout pour ne pas me poser les deux seules questions qui méritent d'être posées à ce stade de ma relation : est-ce que je l'aime encore ? Est-ce que je suis heureuse ?

D'ailleurs, Alban et moi, on passe assez peu de temps ensemble. Je prétexte mon boulot, mes révisions, mes potes, ma famille.

Et c'est une excuse parfaite pour lui.

Oui, je suis sûre que depuis tout à l'heure, tu lis ma relation avec Alban et tu te dis « Quand est-ce que ça va arriver ? » Parce que tu t'en doutes, toi, depuis tout ce temps. Alban finit par me tromper. Il me dit que c'est parce que je ne suis jamais là, que c'est quand même un peu ma faute, que j'abandonne mon couple, que je ne prends pas soin de lui.

Je ne pense pas à lui répondre ce que je rêverais de dire maintenant :

— C'est toi qui ne prends pas soin de moi, toi qui m'obliges à être une personne que je ne suis pas. Toi qui me rabaisses, toi qui me fais me sentir nulle, et jamais assez intéressante. Je m'interdis d'être seule parce que je sais que je vais découvrir une vérité qui me fait peur, qui me fait mal : je ne suis plus amoureuse de toi !

Bon, je n'ai pas la maturité pour tout ça, en vrai, je ne suis encore qu'un bébé. C'est ma première relation. Alors, je prends cette tromperie pour moi. J'avoue que c'est ma faute, j'avoue que j'aurais pu être là pour lui. Et je le crois quand il me dit que s'il a fait ça, c'était qu'une fois, et parce que je lui manquais trop.

Et pendant un moment, comme j'ai un accès terrible de jalousie, je me dis que c'est que je dois l'aimer. On se retrouve un peu, on se remet à se parler comme avant, quand j'étais en Tunisie. Je redécouvre le mec curieux et passionné pour lequel j'ai craqué. Il est doux. On discute de tout et de rien. Et je retombe un peu amoureuse. Je me jure, cette fois, de faire les choses bien pour lui, pour notre couple. De faire attention à lui, de ne pas lui donner de nouvelles (bonnes) raisons d'aller voir ailleurs.

Quand ma mère apprend ce qui s'est passé, elle n'en revient pas.

— Sarah, je t'en prie, tu dois ouvrir les yeux, ce mec n'est pas fait pour toi. Il t'a dit quoi ? Que c'était parce que tu ne prenais pas assez soin de lui ? Mais pour qui il se prend ?!

Elle s'emporte, puis tente de retrouver son calme, pour moi. Elle tente de m'apprendre à me respecter moi-même avant de respecter n'importe quel mec. Et ça me tord les tripes de l'entendre. Pas parce qu'elle a tort. Au contraire, parce qu'elle n'a que trop raison. Tout ce qu'elle dit, ça fait un écho terrible avec la petite voix qui me susurre de me barrer, de partir de cette relation.

Mais j'étouffe ma voix intérieure, et j'ignore aussi les discours de ma mère.

Je continue de jouer le jeu, de me perdre dans cette relation où je ne me reconnais plus.

Je suis une étrangère à moi-même. Je ne sais pas qui je suis. J'ai peur de le découvrir si je romps avec lui. Mais, chaque jour qui passe, je suis plus souvent en pleurs qu'en train de rire aux éclats.

Et puis, un jour, il m'emmène au McDo.

Je ne sais plus pourquoi, je ne sais même pas s'il n'avait pas osé me vendre ça comme un *date* digne de ce nom, mais j'accepte. Alors que je me souviens que je n'ai pas du tout envie de manger de burger, je suis nouée. Je me suis tellement recroquevillée sur moi-même au cours de cette relation que tout me rend malade. Mais de toute façon, il ne m'entend jamais lui dire non. On y va.

Il est heureux, il commande, il m'invite à m'asseoir en face de lui comme si c'était un gentleman anglais. Si les larmes ne me montaient pas aux yeux, peut-être que j'arriverais à rire. Il dévore son menu, me parle de sa journée, de la moto qu'il est en train de réparer. Il dévore ses frites. Je regarde ses doigts pleins de gras qui vont du plateau à ses lèvres huileuses. Je sens la bile qui me remonte.

— Ben tu manges pas? il me demande, la bouche pleine.

— Si, si.

Je hoche doucement la tête. Je déballe mon burger, je le regarde de travers, mal à l'aise. Il me faut cinq minutes de plus pour prendre une première bouchée. Je déteste ce burger-là, en plus... Mais comme Alban commande pour moi depuis trois ans, et que, la première fois qu'on est venus, je n'ai pas osé lui dire que non, je n'aimais pas ça, il me reprend la même chose, encore et encore. Exactement le même repas que lui. « C'est un signe qu'on est grave compatibles », il m'avait dit.

Et il continue de parler en sirotant son soda. Il a tout bu et il harcèle les dernières gouttes au fond de son gobelet en faisant des bruits ignobles. J'ai l'impression que ça résonne dans tout le restaurant. Mais personne ne semble dérangé. Personne, à part moi.

Je me sens tellement vide, coincée devant mon burger et ce mec qui commence à me répugner.

Pourtant, je suis sûre que pour les autres clients, j'ai l'air heureuse. Je souris, je réponds à ses questions, je réagis au récit de sa journée, je ris à la moindre de ses blagues. Mais à l'intérieur, il ne se passe rien, c'est un néant sans nom.

— Eh ben, tu manges pas ? il reprend. Dépêche, ça va être froid.

Je souris à nouveau, approuve, mange. C'est déjà froid. Il pique dans mes frites. J'avale mon burger sans parler. Je veux juste partir d'ici. Ma petite voix intérieure se débat, me hurle de rompre maintenant, et puis c'est tout.

— Ouais, et là, tu vois, Kévin m'apporte une bécane, un modèle dingue ! Mais alors, le carbu était complètement mort. Et tu sais pas ce qu'il me dit, cet idiot ?

— Hum ?

Je n'arrive pas à parler. D'un coup, alors que lui déblatère sur son boulot auquel je ne comprends pas un mot depuis dix minutes, je lutte pour ne pas vomir. Trop tard. Mon repas, avalé en deux minutes, froid et dégueulasse, se répand sur nos plateaux vides. Sur son tee-shirt blanc. Sur la table. C'est soudain, violent, et sûrement la seule manière qu'a eue mon intuition de se faire entendre, de me dire que non, ça ne va pas. Cette relation ne me va pas.

Alban me regarde, dégoûté. Ça a giclé jusque sur ses bagues. Son visage devient blanc, il attrape les serviettes épargnées par le repas pour se laver autant que possible. Et là, c'est plus fort que moi. Ça me sort des tripes comme mon vomi trente secondes plus tôt. Je ris. Moi qui suis au bord des larmes depuis des mois, j'éclate de rire sans arriver à me retenir.

Alban, vexé de l'incident, gêné que tout le monde nous regarde, ne comprend pas. Moi non plus, pour être honnête. Je continue de rire, tente de nettoyer tout le bazar et on déguerpit comme des voleurs. Dans la voiture, quand mon fou rire nerveux se calme enfin, je lui dis que je suis désolée, que je me sens nulle. Et c'est vrai. Je me sens terriblement nulle.

Nulle d'avoir vomi sur mon petit ami dans un resto bondé.

Nulle de rester dans une relation qui me rend si profondément malheureuse.

Nulle de ne pas savoir qui je suis et de ne pas avoir le courage de le découvrir.

Mais il me pardonne, m'enveloppe dans un pull et on met tout ça sur le compte d'une grosse fatigue. Peut-être une intoxication alimentaire foudroyante. Et puis, il me dit : « C'est vrai que tu avais pas l'air dans ton assiette avant même de commencer à manger, ça doit être ça. »

Quand je raconte l'épisode à ma mère, un peu honteuse, la première chose qu'elle me répond, c'est :

— C'est pas du tout une intoxication alimentaire. Et je sais que tu ne veux pas entendre mon avis, mais je te le redis, parce que je tiens à toi et que je m'inquiète : tu devrais te demander si cette relation te fait vraiment du bien, si elle est faite pour toi. Et peut-être que tu devrais rompre, Sarah. Je t'en prie, penses-y sérieusement.

Conseil #6

Je te disais d'écouter tes proches. Ça reste vrai. Mais je pense qu'il y a encore plus important, c'est de s'écouter soi d'abord. En vrai, on a tous une petite voix à l'intérieur de nous. Tu sais, cette voix qui te prévient, qui te dit si quelque chose est une bonne ou une mauvaise idée. Souvent, on ne sait pas trop d'où elle tient ses certitudes, mais quand on ne l'écoute pas, on finit généralement par le regretter. Parfois, à force de la bâillonner, de l'ignorer, cette petite voix, cette intuition, finit par se taire. Elle peut revenir, quand elle sent que tu es prêt·e à l'écouter à nouveau.
Eh bien, moi, ce jour-là, j'aurais dû l'écouter. J'aurais dû comprendre tout de suite que non,

ce n'était pas la fatigue, non, ce n'était pas une intoxication alimentaire fulgurante, mais que c'était mon inconscient qui parlait. Mon dégoût de moi-même, de ma relation qui s'exprimait… un peu trop littéralement. Ma petite voix, que j'ignorais depuis des mois, des années, venait de me faire comprendre avec les grands moyens qu'il était temps que je l'écoute à nouveau.

C'était une réaction psychosomatique, je pense, avec le recul. Mais les signes, l'intuition, la petite voix, je les avais bien avant. Tout était déjà là.

Ça me tordait déjà le ventre, je savais déjà ce que je devais faire.

Et parfois,voilà, quand on ne l'écoute pas, elle trouve un autre moyen de se faire entendre.

ALORS, S'IL TE PLAÎT, ÉCOUTE TA PETITE VOIX INTÉRIEURE, RESPECTE-LA. JE SAIS QU'ELLE TE DIT

PARFOIS DES VÉRITÉS QUE TU NE VEUX PAS ENTENDRE, COMME TES PROCHES, MAIS ELLE LE FAIT POUR TON BIEN, POUR TE PROTÉGER.

Parce qu'elle comprend déjà des choses que tu ne veux pas voir ni entendre. Crois-moi, je sais. Ta petite voix, c'est ta meilleure amie pour la vie, celle qui te donne des pistes parce que la seule chose qu'elle veut pour toi, c'est le meilleur.

Alors, fais renaître ta voix intérieure, ton intuition, si, comme moi, tu l'as étouffée trop longtemps.

Je ne connais pas de formule magique, mais peut-être qu'un bon moyen, pour qu'elle revienne timidement à la surface, c'est le temps.

Du temps pour toi, du temps pour t'écouter, pour te connaître, te comprendre, te reconnecter à toi-même.

Du temps pour te poser des questions, et aussi du temps pour te confronter à ce qui te fait peur.

C'est OK de vouloir fuir parfois, de se trouver vingt mille occupations pour ne pas réfléchir, mais si tu ne veux pas te mettre à vomir sur des tables pendant ton date, passe aussi un peu de temps avec toi-même.

Voilà, c'est une de mes anecdotes les plus embarrassantes.

Et je me souviendrai toujours du soulagement que j'ai éprouvé, à vomir, et à rire dans la foulée, puis de la honte. De la tête d'Alban en face de moi. Tu pourrais te dire « C'est bon, elle a compris la leçon, elle va lâcher l'affaire, rompre, se trouver enfin ». Mais non, je suis très déterminée, et très têtue. Il me faut un dernier coup de massue pour enterrer cet amour de jeunesse.

Chapitre 6

Un jour, je finis les cours et discute avec une amie. Je suis toujours avec Alban, je tente de gérer mes études et mon taf, de passer du temps avec ma famille, de faire le deuil de ma relation avec mon père. Je dépense une énergie folle à trouver des excuses à Alban, à mon couple, à m'imaginer un avenir radieux. À l'espérer de tout mon cœur.

Et puis, à mesure qu'on discute avec ma pote, ma petite voix commence à sacrément se débattre. Un détail dans son histoire commence à me déranger. Puis un autre.

— Attends, elle s'appelle comment, ta meilleure amie ? je demande, sourcils froncés.

— Ben, Julie, pourquoi ?

— Et son mec lui a offert un ourson en peluche ?

— Ouais, franchement, j'hésite entre kitsch et mignon.

Ma pote, Anaïs, continue de parler, mais je n'écoute plus, je ne pense qu'à cet ourson en peluche. Parce que ça me rappelle vraiment quelque chose. Alban est parti au ski, comme chaque année, avec quelques potes. On n'a même pas réussi à s'appeler, on a échangé quelques SMS assez plats. Il n'arrêtait pas de me répéter que je lui manquais, qu'il aimerait que je sois là, mais je voyais les photos de ses soirées sur Facebook, et je me doutais que ce n'était pas tout à fait vrai. Je me doutais aussi que le pire arrivait sans doute, que peut-être la promesse qu'il m'avait faite des mois plus tôt de me rester fidèle ne résisterait pas à dix shots de vodka.

Et, quand il est revenu, il m'a offert... ouais, tu t'en doutes, un ours en peluche. Un gros ours qui prend la moitié de mon lit, avec un cœur rouge entre les pattes, sur lequel il est écrit « *Je t'aime* » en lettres cursives.

Je parle avec Anaïs, on est posées sur un petit perron. On regarde passer les voitures, elle me raconte toutes ses vacances, mais mon cerveau ne peut pas s'empêcher de revenir à sa pote Julie et à son ourson en peluche.

— Anaïs, je suis désolée, je reviens dessus, mais il est comment, l'ourson ?

— Ah ben, attends, elle m'a envoyé une photo !

Avec un rire un brin moqueur, elle dégaine son portable, la conversation avec sa meilleure pote et la dernière photo en date. Sur le cliché, je découvre alors Julie, une blonde sublime, avec un sourire qui illuminerait un arbre de Noël. Et, dans ses bras, une peluche que je reconnais bien. Sauf qu'on dirait le bébé de la mienne, il est deux ou trois fois plus petit que celui qu'Alban m'a acheté.

— C'est quand même fou, je souffle, on dirait celui que mon mec m'a offert en revenant du ski.

— Nan ? s'exclame Anaïs, amusée par la coïncidence. Mais tu sais que c'est trop drôle, parce que le copain de Julie lui a aussi offert son ourson en revenant de ses vacances au ski. Franchement, vous avez des *boyfriends* trop mignons, et moi je suis là, toute seule. Personne m'offre de peluches, à moi !

Elle mime une fausse moue boudeuse, mais j'avoue que j'ai du mal à trouver la situation drôle, même si ma pote est trop chou. Je parviens à la rassurer sur son célibat, et elle ne sait pas à quel point je le pense quand je lui dis : « Crois-moi, on est parfois mieux sans les mecs. »

Anaïs soliloque encore un moment sur son célibat forcé, sur son ex qui était un vrai bouffon. Elle sort un paquet de bonbons de son sac, et on les dévore. Une question me brûle les lèvres, mais je n'ose pas la poser. Je sais qu'à partir de l'instant où j'aurai la réponse, il y aura un avant et un après. Alors que j'écoute distraitement ma pote, je m'interroge. Est-ce que j'aime vraiment Alban ? Est-ce que ma relation a du sens ? Est-ce que je souffrirais vraiment de ne plus être avec lui ? Est-ce que je suis prête à entendre une vérité potentiellement horrible ?

— Comment il s'appelle, le mec de Julie?

— Eh ben, dis donc, tu lui en veux, à son copain, ricane Anaïs.

Je souris, mais je pose la question, parce que je suis prête à entendre sa réponse, je suis prête à voir ma confiance en lui détruite, à souffler sur les cendres de mon premier amour.

— Il s'appelle Alban.

Je pensais qu'un cœur brisé ferait plus de bruit que ça. Mais non. Je reçois l'info en souriant. Anaïs est tellement mignonne, qu'elle ne se rend même pas compte que, ouais, c'est bizarre, cette nouvelle coïncidence, tiens, c'est le même prénom que mon mec à moi. Elle vit dans un monde de Bisounours dont je n'ose pas la tirer. Alors, je ne dis rien et je laisse tout ça mariner.

Mon mec me trompe. Une nouvelle fois. Ce n'est pas juste l'histoire d'une fois, on n'offre pas une peluche à une meuf de passage. Donc, il m'a trahie, il a trahi la promesse qu'il m'avait faite. Et ça ne me bouleverse pas tant que ça. Je découvre que mon histoire d'amour de trois ans, mon amour de jeunesse, est en mille morceaux et je continue de regarder les voitures passer en mangeant des fraises Tagada, en écoutant le *crush* absolu d'Anaïs pour Justin Bieber qu'elle va aller voir en concert.

Je ne suis pas triste, ni en colère, ni déçue, je suis juste blasée.

Je vais rompre avec Alban, ça y est, c'est décidé.

Et ma petite voix, au fond de moi, danse la salsa. Elle est excitée comme une puce. Et elle se retient comme elle peut de me souffler, exaspérée : *je te l'avais bien dit.*

Oui, elle me l'a dit, un paquet de fois elle m'a répété qu'Alban n'était pas le mec pour moi, qu'on n'est pas obligé·e de rester avec son amour de jeunesse, encore moins de l'épouser, d'avoir des bébés avec ellui. Elle m'a radoté à de nombreuses reprises que ce n'était pas un mec bien, mais j'ai voulu y croire, j'ai voulu lui donner une seconde chance. Et je crois toujours que j'ai eu raison de le faire. Je ne le regrette pas. Les regrets, je les lui laisse.

— Désolée, Anaïs, j'ai un peu la tête ailleurs, je m'excuse en interrompant une nouvelle fois ma pote. Est-ce que tu crois que je pourrais avoir le numéro de téléphone de Julie?

— Haaaan, vous voulez vous faire un double rencard, c'est ça? C'est tellement *couple goal*, franchement, je vais pas mentir, je suis un peu jalouse. Pitié, envoie-moi des photos que je bave sur vous, là, les BG!

Je souris, embrasse la joue d'Anaïs et toute sa naïveté, puis je tente de me rattraper, de l'écouter pour de vrai cette fois. Seulement, quand on se sépare, mon plan est déjà tout prêt dans ma tête. Je rentre chez moi et j'appelle aussitôt Julie. Je lui explique en quelques mots la situation. Au début, et je la comprends, elle a du mal à me croire. Elle n'a jamais trop entendu parler de moi et je débarque dans sa vie avec une nouvelle qui a le potentiel de réduire son cœur en miettes. Bien sûr qu'elle préfère croire le mec qu'elle aime plutôt que cette fille surgie de nulle part.

— Je te jure que je ne te mens pas, Julie. Je t'appelle parce que, je pense que moi, j'aimerais qu'on me prévienne si j'étais à ta place. Solidarité féminine, tu vois ? Pour te dire, ça fait trois ans que je suis avec ce mec, et il m'a déjà trompée. Il est comme ça, il changera pas, je crois.

— Comment je peux être sûre que tu racontes la vérité ? elle demande avec suspicion.

— Eh ben, je peux te dire qu'il travaille dans le garage à côté du restaurant «*Au bois*». Son patron s'appelle André, il a une Clio rouge, il est gaucher, il est parti au ski dans les Alpes, avec ses potes, il nous a menti à toutes les deux.

— OK. OK. Mais...

Sa voix se brise.

— Peut-être que ce sont des coïncidences.

— Je sais que c'est dur à croire, ma belle. Mais ça fait trop de coïncidences pour ne pas être vrai.

Je suis assise sur mon lit, à ruminer tout comme elle. Et puis, j'ai un déclic.

— Attends, je t'envoie un truc.

Je prends en photo l'ours en peluche qui occupe la moitié de mon lit. Je reste en ligne ; de l'autre côté, le silence est lourd, et sa respiration bientôt entrecoupée de sanglots. Je m'en veux, les larmes me montent aux yeux, à moi aussi, mais je crois que je n'avais pas le choix. Alors, je la rassure, je la console comme je peux.

Je lui explique qu'il m'a fait changer tout mon dressing. Que je ne porte pas les fringues que j'aimerais, par crainte de sa réaction. Elle me dit que c'est la même chose de son côté. Elle organise toutes ses soirées en fonction de lui. Elle avait même voulu lui faire une soirée d'anniversaire, mais il l'en a empêchée, il impose les dates où ils se voient, les endroits, les heures.

Julie finit par comprendre que c'est sans doute aussi parce qu'il a une double vie avec moi, et qu'il était précautionneux avec son emploi du temps. Alors, on compare les jours, les anecdotes, les lieux. On se rend compte qu'on vit la même relation, avec le même mec. C'est honnêtement flippant, à ce stade, mais surtout ça me donne envie de vomir. (Ouais, à nouveau, diront les petits rigolos.)

Je le savais bien, au fond, qu'il n'était pas un mec bien, mais là, découvrir qu'il m'a roulée dans la farine (et Julie aussi) pendant des mois, penser juste qu'il a voulu me faire culpabiliser à sa première tromperie en me disant que c'était ma faute, que je n'étais pas assez investie dans notre couple alors que le boug sort avec deux filles, je n'en reviens pas ! J'ai envie d'exploser.

On parle des heures, Julie et moi. À la fois, ça nous fait du bien, parce qu'on se sent bêtes, mais à deux, bizarrement, on se sent juste un peu moins nulles. Et, en même temps, ça attise une rage en moi. Je vois alors tout le mal qu'il m'a fait, j'assemble des pièces de puzzle. Un puzzle dont le message général est clair : « Alban ne t'a jamais respectée, et il est temps que ça change. »

J'ai vingt ans, et je viens de me découvrir une force que je ne me soupçonnais pas. Je viens aussi de découvrir la force de la sororité.

À force de parler, je sens que je ne peux pas laisser les choses comme ça, que je ne veux pas simplifier la vie d'Alban qui nous prend tellement pour argent comptant, alors je propose un plan à Julie pour le coincer et lui faire mordre la poussière.

— Il va tomber à cause d'un ourson en peluche ! je m'esclaffe.

Au début, elle hésite, je la comprends. Elle aime encore Alban, contrairement à moi. Elle n'est pas prête à faire le deuil d'une relation dans laquelle elle a tant investi, sentimentalement. Mais je suis déterminée pour deux : ce mec est un bouffon, il ne nous mérite pas.

Le lendemain, Julie me rejoint à la maison, et on met notre plan en route.

Je commence par appeler Alban. Comme il ne se doute de rien, il me raconte sa journée, en long, en large, en travers et j'essaye d'épargner à Julie les mots d'amour qu'il glisse deçà delà.

— Oui, en fait, je t'appelais pour te dire que je ne pouvais pas te voir ce soir, en fin de compte...

— Oh ? s'étonne Alban.

Et je le comprends... en trois ans de relation, j'ai si rarement annulé, ou fait entendre ma voix, que le pauvre gars n'a pas l'habitude. Il se reprend cependant assez vite, comme je n'en attendais pas moins de lui.

— Bon, OK. À plus tard, bébé.

Et il raccroche sans même me demander pourquoi je ne peux pas ce soir, si je vais bien, s'il se passe quelque chose. Rien. La suite de notre plan est simple, c'est à Julie de l'appeler. Seulement, elle n'a même pas le temps de déclencher l'appel que son téléphone vibre. C'est lui. Le mec sait rebondir, on peut pas lui enlever ça...

— Coucou, bébé, ça va ? Tu me manques.

Je mentirais si je disais que ça ne m'a pas un peu attristée, de l'entendre dire à Julie exactement ce qu'il me disait à moi. Les mêmes surnoms, les mêmes mots d'amour. Oui, ça m'a fait mal. Mais ça a été l'électrochoc final, la certitude qu'il fallait désespérément que je passe à autre chose et que je refourgue ce naze dans mon passé.

— Euh, ça va, et toi ?

Julie est moins désinvolte que moi. Ses joues rouges, sa voix tremblante, sont d'assez bons indicateurs. Elle n'est pas à l'aise, elle doute. Et pendant un moment, je me demande même si elle va enclencher la suite de notre plan. Mais elle le fait malgré tout.

— Oh, bébé, au fait, elle souffle, je suis avec quelqu'un qui aimerait te parler.

— Ah ouais? Attends, te fous pas de moi, Julie, c'est un mec?!

Je ne laisse pas à sa crise de jalousie hors de propos le temps d'éclore, je saisis le téléphone de Julie et, avec ma plus belle voix, je lance un :

— Coucou, bébé, ça va? Tu me manques.

— Mais c'est quoi, ce délire? éructe Alban à l'autre bout du téléphone.

Comme le portable est déjà en mode haut-parleur depuis un moment, Julie ne loupe rien de la conversation et de l'explosion de colère d'Alban. Il fulmine. Je l'imagine, rouge de colère, faire les cent pas dans son appartement.

— Mais à quoi vous jouez? Il se passe quoi là, je comprends rien?!

— Ah, je réponds avec un aplomb qui aurait de quoi rendre ma mère fière. Tu veux dire que tu ne comprends pas ce que font les meufs que tu trompes ensemble? Ben, écoute, mon petit pote, on a juste pigé tes combines, c'est l'arroseur arrosé, ça s'appelle.

— Non, mais vous avez rien compris, c'est grave ! Vous êtes où, là ?!

Je voudrais ne pas répondre, juste lui faire avouer ce qu'il a fait, et qu'il nous présente de fichues excuses, à ce stade, je n'attends rien de plus de lui. Mais l'assurance fait encore défaut à Julie et je sens qu'elle se débat avec sa culpabilité. Alors, elle lui dit qu'on est chez moi.

Et il raccroche aussitôt.

Je n'ose pas lui dire que j'ai malgré tout un peu peur. Peur de ce dont il est capable dans un tel état, peur de ce qu'il pourrait faire. Mais je ne veux pas inquiéter Julie, et il n'a jamais été violent auparavant. C'était plus une emprise larvée, une domination souterraine. Pourtant, les minutes d'attente sont interminables. Je me ronge les ongles, même si je déteste ça.

Tout à coup, on arrête de parler, de rire, on n'ose même pas se regarder.

— C'est sa voiture.

Elle s'est redressée avec crainte, comme une biche surprise par un chasseur. J'ai de la peine, et peut-être quelques regrets aussi, mais surtout beaucoup d'appréhension. Je lisse ma robe, car je me suis changée pour l'occasion, histoire de lui montrer qui je suis quand il ne se comporte pas en chef d'orchestre avec mon dressing. Et j'ouvre la porte de la maison, on sort avec lui, mais je la referme aussitôt derrière nous. Il est hors de question qu'il remette les pieds ici.

— Mais?! Waouuh, c'est quoi, ce délire?!

Il est planté au bout de l'allée, les bras ballants, la face rouge et il nous regarde tour à tour, Julie et moi, comme s'il découvrait qu'on était des jumelles. Il est pathétique, et ce serait à mourir de rire si je ne me sentais pas aussi impuissante. Alors, je ravive la haine des dernières heures, de tout ce qu'il m'a fait, dans mon dos, en me traitant comme si je n'étais pas assez bien pour lui.

— Ouais, surprise! Tu pensais quoi? Qu'on n'apprendrait jamais la vérité? je crache.

Julie reste muette, peu importe, cette fois, c'est mon combat, je fais ça pour moi. Pour les trois années que je viens de passer, pour la petite voix en moi qui mérite enfin d'être entendue.

— Tu manques pas de toupet, je reprends, tu nous offres carrément la même peluche, mais quel genre de mec fait ça, sérieux? Tu te souviens de ce que tu m'avais dit la première fois? « Je te jure, ça se reproduira pas. » Ben j'aurais jamais dû te croire...

— Non, mais béb...

Il s'interrompt, parce qu'il se rend compte qu'on est là toutes les deux. Il ne peut pas user de son numéro de charme une nouvelle fois, il ne peut pas me faire croire que je suis la seule qui compte pour lui. Il est pris au piège de son propre mensonge, et ça le rend fou.

— Franchement, vous êtes tellement fourbes! il peste. Vous êtes là, à monter votre petit coup entre vous, et vous tentez de me faire passer pour le gros con. Mais moi j'ai jamais fait ça pour me foutre de vous, pour vous rabaisser!

— Mais non, proteste Julie.

Elle est attristée de le voir dans cet état, elle ne se rend pas compte qu'il la manipule juste une nouvelle fois. Je voudrais la secouer, lui ouvrir les yeux, mais de mon côté, ils sont déjà grand ouverts. Alban est un sale mec, même pris sur le fait, il trouve encore le moyen de nous faire porter le chapeau, et je ne peux plus le supporter.

— Arrête de te faire passer pour le bon mec ! Tu nous as trompées, toutes les deux, tu as brisé la promesse que tu m'avais faite, alors franchement, c'est quoi, ton excuse ?!

— Nan, mais moi, mon souci, c'est juste que j'ai trop d'amour à offrir, et vous, vous donnez quoi ? Des leçons. Vous me dégoûtez, sérieux. Je comprends même pas comment...

— Comment quoi ? je reprends. Comment on s'est rencontrées, comment on a capté ?

Il ne répond pas, donc je devine que c'est exactement ça qui le turlupine. Comment on a pu détecter son plan parfait, pourquoi sa petite vie ne peut pas continuer comme avant.

— Les oursons en peluche, tocard...

Je vois une lueur dans ses yeux, un truc du genre « Merde, j'aurais dû faire gaffe ». C'est son seul regret, dans cette histoire. De s'être fait coincer, de nous avoir acheté deux oursons identiques.

Pas de nous avoir trompées, de nous avoir fait croire qu'on était spéciales, aimées, respectées.

Julie, trop mal à l'aise, finit par partir, et je ne m'en rends même pas compte.

Alban reste. Il commence par me dire que c'est quand même ma faute, puis, par se trouver des excuses, puis par accuser Julie, et, finalement, il me supplie.

— Mais, Sarah, me laisse pas, putain ! Je te jure que tu es la femme de ma vie. De me dire que je peux te perdre pour une connerie pareille, pour une erreur, je te promets que ça me rend fou, je ne peux pas vivre sans toi, tu le vois pas ?

— Non, franchement, ça me saute pas aux yeux ! Surtout quand je me rends compte que tu dis tout ça à une autre fille depuis des mois ! Comment tu peux continuer à me raconter tes bobards et à me jurer que je suis la femme de ta vie ? Tu manques pas d'air, sérieux...

Mais il ne lâche pas l'affaire. Il m'enrobe de paroles sucrées, de jolis mots, il endort mes doutes. Comment pourrais-je douter que je suis celle qu'il lui faut ? La preuve ultime, c'est l'ours en peluche, bien plus gros que celui de Julie. Je voudrais rire, mais il a l'air tellement honnête, tout ce qu'il me dit, j'ai tant rêvé de l'entendre, que j'ai envie de le croire...

Peut-être que je peux lui donner une nouvelle chance, après tout.

Conseil #7

Alors, dans cette situation, tu penses que j'ai fait quoi ? D'ailleurs, toi, tu aurais fait quoi ? Est-ce que tu lui aurais pardonné, est-ce que tu lui aurais donné une nouvelle chance ? Parce que, après tout, il est là, à m'ouvrir son cœur, non ? De mon côté, je crois aux nouvelles chances, je crois sincèrement qu'on peut changer, qu'on peut devenir bon·ne, gentil·le, et qu'il n'y a pas d'âge pour ça. Personne n'est fondamentalement mauvais, personne n'est condamné à faire le mal.

J'ai tendance à voir le bon en chacun·e, à vouloir y croire.

Donc, bon, je te spoile un peu la suite, mais oui, je suis retournée avec lui. Une nouvelle fois. Parce que j'ai eu un peu pitié de lui, mais surtout parce que je voulais y croire. Je voulais croire en l'amour et croire aux belles promesses, et croire qu'il avait compris son erreur. J'ai pardonné, même si j'ai mis du temps.

Seulement, avec le recul, maintenant que je reviens sur cette relation, je sais que j'ai eu tort. Pas de croire en lui, ni de croire aux ~~secondes~~ troisièmes chances,

mais de ne pas m'écouter. J'ai pris cette décision alors qu'il me manipulait, alors que j'étais épuisée parce qu'on parlait depuis des heures et des heures.
Mon conseil, si tu dois faire un choix, celui de rester avec un ex franchement assez toxique, ou un autre, même par exemple, de rester dans un taf ou d'en changer, c'est de dresser des listes.

PÈSE LE POUR ET LE CONTRE, LITTÉRALEMENT ! UNE FOIS QUE TU AS FAIT LE TOUR, TU Y VERRAS BEAUCOUP PLUS CLAIR.

Est-ce que le négatif l'emporte, et de loin ? Ou bien, est-ce que le positif contrebalance le négatif, est-ce que ça vaut le coup ?
On peut s'amuser à le faire pour ma relation avec Alban, tu vas voir, c'est instructif, et ça prouve bien que ce n'était pas la bonne décision pour moi. Honnêtement ? Je le savais déjà au moment où je lui donnais une nouvelle chance, mais j'étais encore jeune, et peut-être un peu naïve.

CONTRE

- M'a trompée plusieurs fois
- Ne tient pas sa parole
- Ne peux pas être moi-même
- Ne pas être respectée
- Se moque de moi
- Ne prends pas soin de moi
- Je ne sais pas qui je suis sans lui

POUR

- Amour de jeunesse
- Peur du célibat

CONTRE

- ....
- ....
- ....
- ....
- ....
- ....
- ....
- ....
- ....
- ....
- ....
- ....
- ....
- ....
- ....
- ....

POUR

- ....
- ....
- ....
- ....
- ....
- ....
- ....
- ....
- ....
- ....
- ....
- ....
- ....
- ....
- ....
- ....

Alors oui, je retourne avec lui, mais heureusement, je me rends compte de mon erreur presque aussitôt. Trouver le courage de rompre, par contre, me demande beaucoup plus de temps. J'ai peur de sa réaction, peur de la mienne, surtout, de ne pas réussir à être ferme et définitive, de ne pas réussir à le mettre hors de ma vie pour de bon.

Mais il me trompe, à nouveau, et cette fois mon stock de tickets « nouvelle chance » est carrément épuisé. Surtout quand j'apprends qu'il est à nouveau en couple avec Julie. Alors, pour de bon, je mets un terme à cette relation dans laquelle j'ai laissé des plumes, beaucoup d'estime de moi, et une partie de mes jeunes années. J'ai investi en un mec qui n'en valait pas le coup.

Je pensais qu'en restant avec lui tant de temps, je m'étais perdue de vue, et c'est vrai. Mais finalement, ça m'a appris aussi énormément de choses sur moi, sur qui je suis. J'ai fait beaucoup d'erreurs (quoique pas aussi graves que celles qu'Alban a pu faire), et tu sais quoi, j'allais encore en faire pas mal... ça fait partie de la vie !

Chapitre 7

Et puis, je suis devenue au fur et à mesure des années celle que tu connais aujourd'hui. J'ai connu d'autres relations, j'ai laissé entrer des personnes dans ma vie, dans mon cercle de confiance, qui franchement ne le méritaient pas. Mais je ne regrette pas.

Je suis devenue la femme que je suis aujourd'hui parce que j'ai commis des erreurs, parce que j'ai offert mon amour, parce que j'ai offert mon amitié. Parce que j'ai appris.

Conseil #8

Et tu sais quoi ? Ce n'est pas grave de faire des erreurs, ce n'est pas grave de se tromper, d'avoir donné sa confiance à la mauvaise personne. Dans ce cas-là, ce n'est pas toi le problème, c'est l'autre, et c'est dommage qu'on étiquette les gens comme « trop gentils ». Non, c'est le reste du monde qui est trop méchant, il n'y aura jamais assez de gentillesse et on ne devrait pas (se) punir pour ça.

DES ERREURS, ON EN A FAIT, ON EN FAIT ET ON EN FERA ENCORE. L'IMPORTANT, C'EST D'APPRENDRE, DE NE PAS LES RÉPÉTER. DE GRANDIR À CHAQUE FAUX PAS.

Tu as souffert en amour, et malheureusement, tu souffriras peut-être encore. Se fermer aux autres n'est pas la solution. Jamais je ne regretterai d'avoir tout donné en amour, d'avoir donné toute ma confiance. Faire le don de soi-même à quelqu'un, c'est peut-être le plus beau cadeau qui existe. La plus belle preuve d'amour.

Donc, oui, c'est OK de commettre des erreurs, d'apprendre. Apprendre qui tu es avant et après cette erreur, pourquoi c'est important de prendre soin de toi, de prendre le temps de guérir avant de repartir à l'attaque du monde. Faire l'erreur une fois, c'est normal, mais répéter ses erreurs et espérer un résultat différent, c'est la définition de la folie.

Mais je grandis, et j'apprends.

Je pensais ne pas survivre à ma rupture avec Alban, au célibat, à la solitude. En réalité, je n'ai jamais été seule. J'ai eu mes amis, ma famille et ma propre compagnie. J'ai appris à me découvrir, à refaire les boutiques pour trouver les tenues qui *me* plaisaient, à aller dans des restaurants pour commander les plats que *je* voulais manger, à m'affirmer, à annoncer *mes* préférences, *mes* goûts. Ça n'a pas été évident au début. C'est bête, hein? Mais j'ai mis un moment à savoir quel genre de fringues j'aimais vraiment.

Les premières fois que je suis allée au McDo sans Alban, j'ai commandé le menu qu'il prenait habituellement. Comme ça, sans réfléchir. (Et, bien sûr, j'ai eu un fou rire en repensant à la scène mémorable du vomi.) Ce n'est qu'au bout de deux ou trois fois que j'ai su quel burger je préférais, que j'aimais mieux les frites que les potatoes.

Et puis, j'ai fait ma vie, et Alban n'était plus qu'une ombre de mon passé, un fantôme auquel je ne repensais pas vraiment. J'ai commencé des études, arrêté des études, me suis lancée dans l'immobilier, et finalement j'ai commencé la télé, par hasard.

Là aussi, on a beaucoup débattu avec ma petite voix intérieure. Mais c'était un risque, c'était tout ce qui me faisait vibrer.

Ma peur de l'abandon était là, à me tirailler. Bien sûr, l'absence d'un père n'est pas quelque chose qu'on règle en fermant les yeux. C'est une absence qui est là, terrible, parce qu'au fond, je sais tous les jours où est mon père, je sais comment le contacter, je sais que lui pourrait me parler, mais je sais surtout qu'il fait tous les jours le choix de ne pas le faire. Et c'est ça, le vrai deuil.

C'est se réveiller tous les matins avec une graine d'espoir. L'espoir qu'aujourd'hui, il se réveille, qu'il revienne vers moi, qu'il me voie. C'est passer la journée à vivre sa vie, à regarder son téléphone. C'est, le soir, voir sa fleur d'espoir fanée. Et recommencer dès le lendemain.

La fleur est de moins en moins belle à mesure que le temps passe, mais elle pousse quand même. Parce que, c'est plus fort que moi, j'aurai toujours une place toute particulière dans mon cœur pour mon père.

C'est la seule ombre de ma vie que je n'oublie pas complètement.

Je ne sais pas si c'est pour ça que j'ai en partie accepté de faire de la téléréalité. Pour qu'il me voie? Pour qu'il me remarque? Peut-être. En tout cas, ce que j'ignorais totalement, c'est l'importance que cette première émission aurait dans ma vie. À cette époque, je n'imaginais pas une seule seconde que ça puisse devenir mon métier, que les réseaux sociaux prendraient cette place dans ma vie. Pour tout dire, à l'époque, le métier d'« influenceur » n'existait même pas !

Mais, au fur et à mesure, vous avez appris à me connaître, et j'ai appris à me connaître moi-même. J'ai rencontré des gens incroyables, et j'ai été profondément authentique. J'ai ri, j'ai pleuré, j'ai offert ma confiance, mon amour devant la caméra comme je le fais dans la vie de tous les jours. Et ce qui me plaisait, c'était que ça créait un refuge pour ceux dont l'existence était trop noire.

Cette vie, ce métier, c'était le rêve, vraiment !

Et niveau amour, j'ai eu des copains. J'ai aimé à 300 % à chaque fois, sans que ça se termine toujours bien.

J'ai vingt-cinq ans, un boulot de fou, une famille que j'adore, et je ne cherche plus à être en couple. Je me concentre sur moi, sur mes potes, sur cette nouvelle carrière que je dois gérer, sur cette « célébrité » toute nouvelle, que je n'arrive même pas à appeler comme ça tellement ça me semble irréel.

J'apprends à gérer les réseaux, les responsabilités de ce que c'est que d'avoir une communauté, de partager un maximum, tout en gardant aussi une partie privée, en faisant la part des choses. Je ne veux montrer que le beau, le positif, mais en même temps ne pas mentir, ne pas faire croire qu'on n'a pas le droit d'être triste.

C'est un sport à part entière de jongler entre tout ça. Je ne parle même pas de créer son entreprise, de gérer des contrats, son image. Ce n'est pas seulement un métier que j'apprends, c'est trois, quatre, cinq métiers à la fois ! Et c'est aussi excitant que ça peut parfois être stressant.

Mais c'est une telle fierté de me réveiller et de faire un métier passionnant, de vivre ma vie, de partager tout ça avec vous. Et une plus grande fierté encore quand je vois le regard de ma mère. La première chose que j'ai faite, quand j'ai économisé un peu, c'est de lui offrir une maison. Je voulais qu'elle ait son chez-elle, après tant d'années passées à dormir sur un canapé, chez mes grands-parents, pour m'offrir l'autre chambre et de l'intimité. Pour tous ses sacrifices, c'était le moins que je puisse faire, la mettre à l'abri, lui offrir un coin de paradis, une piscine, des jours heureux, une retraite plus que méritée.

Alors, c'est ce que j'ai fait. Un jour, je suis arrivée, et je lui ai donné des clés.

— C'est quoi ? elle a dit en riant.

— Les clés de ta maison, j'ai répondu.

Elle a répliqué que j'étais bête et me les a rendues. J'ai dû insister, j'ai dû la conduire là-bas, j'ai dû ouvrir la porte de la maison, j'ai dû lui montrer les papiers pour qu'elle me croie. Ça a été si dur de trouver l'endroit parfait pour elle, de lui cacher tout ça, moi qui lui confie tout d'habitude.

— Mais tu es folle, ma fille ! Folle !

Elle a fait le tour trois fois, m'a demandé à quarante reprises si j'étais sûre, si ce n'était pas une blague. La main devant la bouche, elle passait d'une pièce à une autre sans s'arrêter.

— C'est ta piscine, ça, maintenant, j'ai annoncé en désignant l'eau turquoise à mes pieds.

— Je peux pas y croire…

— Et pourtant, maman, je te jure que c'est vrai !

— Mais ça ne doit pas se passer comme ça, normalement !

— Ah oui, j'ai rétorqué, et ça doit se passer comment ?

Elle m'a regardée, troublée, elle a froncé des sourcils, elle a soupiré, elle a cherché ses mots. Finalement, elle s'est calmée enfin et s'est assise à mes côtés.

— Normalement, c'est aux parents de prendre soin de leurs enfants, de les chouchouter, de leur assurer un bel avenir.

— Maman, tu as déjà fait ça toute ta vie. Tu as tout sacrifié pour moi, même quand tu n'avais rien. Maintenant, c'est à moi de prendre soin de toi. Tu m'as protégée pendant des années, tu as tout fait pour moi. Je veux prendre la relève, je veux que tu te reposes, je veux que tu profites.

Elle a pleuré, moi aussi. On est restées là, les pieds dans la piscine. Et bon, elle a pas pu s'empêcher de me poser la question, encore et encore, de s'assurer que c'était chez elle. Elle m'a répété que j'étais folle, j'ai répété que je veillerai sur elle jusqu'à la fin de ma vie.

— C'est le plus beau cadeau que tu pouvais me faire, ma fille. Mais c'est trop.

— Tu mérites tout ça, maman, et plus encore.

Donc, oui, à cette période de ma vie, je suis heureuse, complètement heureuse.

Sur le moment, on ne s'en rend pas forcément compte, mais avec le recul, je vois à quel point c'est un instant de grâce, à quel point c'est rare dans une vie, un bonheur aussi complet.

Et, un jour, on est sur la plage, ma mère et moi, dans un restaurant. On mange, on discute, elle me raconte toute la décoration qu'elle achète pour sa nouvelle maison. Et là, un soleil débarque.

Un mec grand, aux larges épaules, à la barbe entretenue, aux yeux perçants, à la chemise bleue bien repassée. Un mec qui pourrait me faire douter de mon bonheur, qui pourrait me faire croire que oui, il manque peut-être quelque chose à ma vie, qu'elle pourrait être encore plus belle.

Ce mec, donc, est sympa, belle gueule, beau parleur. Il commence à nous parler, alors qu'on mange notre salade, les pieds à deux pas de la mer, lunettes de soleil sur le bout du nez. Ma mère tombe sous le charme, elle lui raconte qu'elle vient de devenir propriétaire grâce à « sa magnifique fille », et qu'elle est tout heureuse.

— C'est vrai qu'elle est magnifique, votre fille, il ajoute.

Je ne relève pas, parce qu'il est étrange. Il débarque comme ça, il me complimente, mais ne me regarde pas. Ma mère le convainc de rester prendre le dessert avec nous. Il s'installe et c'est comme s'il avait toujours été là.

Julian, il s'appelle.

Et Julian me souffle le chaud et le froid. Il me donne l'impression de le connaître depuis des années, et l'impression d'un étranger qui s'immisce dans ma vie, ce qui n'est pas loin d'être la vérité. Mais ma mère est heureuse, et je fais confiance à la petite voix de ma maman. Alors, il reste avec nous, et je le regarde sans jamais parvenir à croiser ses yeux.

Souvent, il s'excuse, se lève, prend un appel, des notes, l'air un peu soucieux.

Je n'entends que des bribes de conversation, mais je comprends rapidement que Julian est un homme d'affaires occupé, autoritaire et qui semble savoir ce qu'il fait. Il a une voix grave qui porte naturellement et dès qu'il donne un ordre, son interlocuteur à l'autre bout du fil semble obéir au doigt et à l'œil.

Puis, Julian se rassied avec nous, discute, nous offre une coupe de champagne, sourit. Il est vraiment charmant, et il a mis ma mère dans sa poche en moins de deux heures. Il dégage quelque chose de fort, d'inexplicable.

Mais, à cette époque, je suis libre, je suis cheffe d'entreprise, j'ai la tête dans mon travail, dans tout ce que je dois déjà gérer. Alors, je le laisse envoûter ma mère sans en penser plus. Quand on finit par se séparer, avec des au revoir interminables, il me regarde enfin dans les yeux.

Ses yeux noisette brillent de mille feux avec les reflets du soleil.

— Eh, je crois qu'on a une pote en commun, Kayla. Ça te dit de te joindre à nous vendredi soir ? On se retrouve au resto de la Croisette tous ensemble.

— Euh, ouais, pourquoi pas !

— Super, je passe te chercher à 19 heures ?

— OK.

Il a l'air tellement décontracté, que je n'imagine pas une seconde que ça puisse être un *date*. Pour une fois dans ma vie, même, je ne m'imagine pas non plus aussitôt en couple avec lui. Je me dis juste que c'est cool de l'avoir rencontré, que ça m'amuse de voir ma mère lui dire au revoir comme une ado, qu'il est beau, oui, et sympa, mais qu'il n'est pas pour moi.

Oui, évidemment, il me plaît à la seconde où je le vois, mais je n'étais pas prête pour la suite.

Et je ne parle pas de *make-up* ou de fringues...

Conseil #9

C'est un petit conseil que j'aurais aimé connaître à cette époque, mais qui, depuis, ne m'a pas quittée, surtout avec le métier que j'exerce : se renseigner sur les personnes que tu rencontres et qui débarquent comme ça dans ta vie.

Je ne dis évidemment pas de les stalker en ligne, loin de là, seulement, dans le cas de Julian, par exemple,

j'aurais dû poser plus de questions à ma pote Kayla. J'aurais dû m'assurer que je pouvais lui accorder toute ma confiance.
Parce qu'il arrive que les gens ne soient pas toujours ceux qu'ils prétendent être.

PRENDS TON TEMPS AVANT DE TOUT DONNER À UNE PERSONNE. RENSEIGNE-TOI AUPRÈS DE VOS AMI·E·S COMMUN·E·S. PRENDS LE TEMPS DE VOIR COMMENT TA RELATION SE DÉVELOPPE AVANT DE T'INVESTIR À 300 %, AVANT DE TROP DONNER.

Préserve-toi, assure-toi un minimum des intentions de l'autre, si tu le peux.

Tu t'en doutes, on n'en parlerait pas si j'avais suivi les conseils de mon moi du futur. J'étais malgré moi attirée par lui, envoûtée, comme ma mère. Je ne voulais pas lui offrir mon amour comme ça, ma petite voix s'insurgeait, mais il arrivait toujours à trouver les mots, à me rassurer, à dire exactement ce qu'il fallait au moment où il le fallait.

Comme ce rendez-vous au restaurant.

Je ne voyais pas le mal, au contraire, c'était idéal pour passer un peu de temps avec lui, pour apprendre à le connaître, mais avec plein d'amis à moi, au milieu d'un groupe. Seulement, quand je sors de chez moi, que je le rejoins dans sa voiture et qu'on arrive au resto, on est seuls. Aucun pote à l'horizon.

Sur le coup, je ne dis rien. Je lisse mes cheveux de manière machinale, pour cacher ma gêne. Et j'attends que nos copains débarquent. Il est 19 h 10, on n'est pas particulièrement en avance.

— Les autres ne sont pas là ? je demande, alors qu'il a le nez plongé dans un menu.

— Oh, euh non.

— Comment ça, non ?

— Ils arriveront à 20 h 30... Désolé, je n'ai pas osé te le dire, j'avais peur que, si je te proposais un rendez-vous direct, tu me dises non.

— Ben, j'imagine qu'on ne le saura jamais maintenant.

— Tu m'en veux ?

Il demande ça avec un grand sourire qui fait ressortir ses dents blanches et ses fossettes. Je ne suis pas rancunière, je ne suis pas mauvaise. Alors, je décide de lui pardonner aussitôt, de lui laisser une chance, de jouer le jeu. Il a raison, j'aurais sans doute dit non, en plus. Et peut-être que je serais passée à côté de l'amour de ma vie ?

Je ne peux pas m'empêcher de le penser, alors qu'on profite de ce moment tous les deux et que le monde autour de moi s'efface. On discute comme si on se connaissait depuis toujours. Il me fait rire. Il me dit qu'il était trop timide en me rencontrant, que c'est pour ça qu'il n'a parlé qu'à ma mère, qu'il n'osait pas me regarder dans les yeux.

Je fonds. Je fonds encore plus quand il me raconte son histoire. Il est orphelin, il a été balancé d'un foyer à un autre, il a connu la solitude toute sa vie, le rejet des autres enfants qui ne voyaient en lui qu'un gosse paumé sans parents.

Il a souffert, et la vie ne l'a jamais épargné. Il y a quelques années, il a été diagnostiqué d'un cancer. Là, je suis choquée, les larmes me montent aux yeux, et il me tient la main, ému.

— T'en fais pas, je suis bien entouré, j'ai de super médecins, j'ai confiance.

— Mais, c'est hyper grave... Comment tu le vis ?

— J'avance, un pas après l'autre, je me plonge dans le travail.

Je n'en reviens pas de sa force de caractère. Il continue de travailler, de faire des projets, de rire et de profiter de la vie. Je ne dis pas que la maladie se lit sur un visage, mais je suis étonnée de voir la sagesse qu'il a pour accepter son destin, pour se battre, pour ne pas baisser les bras.

Ce soir-là, je tombe amoureuse de cette force de caractère. Je l'admire.

Quand je pense que j'ai failli me braquer au début de ce rendez-vous pour son mensonge, maintenant, je le trouve justement terriblement craquant. Un peu timide, un peu réservé. J'apprécie tellement qu'il se confie à moi, qu'il me fasse confiance. Surtout, il s'intéresse aussi à moi.

Il me pose des questions, il découvre mon métier, et il est scotché. Et, cerise sur le gâteau, il ne me juge pas. J'ai déjà perdu des potes pour avoir fait de la téléréalité. Ils me jugeaient comme une « pétasse », une « décérébrée superficielle ». Pas lui. Lui comprend tout de suite que je fais ça parce que j'aime partager avec les gens, parce que je veux leur offrir une parenthèse de bonheur, que ça m'est presque tombé dessus, que je ne pensais jamais en faire un vrai métier, mais je suis passionnée et investie à 100 %. Et je sens qu'il m'admire. Pour de vrai.

C'est précieux. Ma petite voix agite des drapeaux verts et je l'écoute. Ravie qu'on soit sur la même longueur d'onde, pour une fois.

Malgré tout, je reste prudente. Je n'ai plus dix-sept ans. Je ne veux pas tomber amoureuse le premier soir, comme ça. C'est malheureux, mais mon cœur a construit quelques barrières. Il est un peu sauvage de temps en temps, il s'échappe de la cage dans laquelle je l'enferme pour le protéger. Mais cette fois, je l'oblige à y rester. À attendre un peu. Et je lui promets que, quand je serai sûre, on donnera tout. On vivra cette relation à fond. Ça suffit à le calmer, pour le moment.

Quand mes potes nous rejoignent, on se sépare, on ne se reparle presque pas de la soirée, mais on n'arrête pas de se regarder. J'ai l'impression qu'un lien déjà étroit nous unit, c'est étrange. Même si la soirée se bouscule, même en boîte de nuit blindée, j'arrive tout de suite à savoir où il se trouve. C'est comme un aimant.

Mais je repars seule chez moi, et j'oblige mon cœur à rester calme encore un peu.

Julian, lui, est déchaîné. Il m'écrit tous les jours, toute la journée, il me pose des dizaines de questions, s'intéresse à ma vie, me propose de se voir en permanence. Avec mon métier, je refuse. Et je refuse aussi pour moi. Pour me laisser le temps, pour ne pas foncer tête baissée dans une relation et m'oublier. Je veux prendre le temps, savourer aussi cette phase de séduction.

Lui ne lâche rien. Il m'invite à boire des cocktails, il m'offre des massages, il me chouchoute. D'un SMS tôt le matin à des fleurs livrées chez moi. Ma mère l'appelle le « gendre idéal ». Ce qui donne une excuse parfaite à mon cœur pour me dire : « Bon, vas-y, on baisse la barrière et on y va. Tout est au vert ! » Mais je refuse. J'attends encore.

Il m'appelle tous les jours, m'envoie des SMS, des cadeaux.

Et puis, un jour, plus rien. Je l'appelle à mon tour, je lui envoie des SMS, des cadeaux. Rien. Pendant quelque temps, il est comme mort. Et moi, je suis paralysée, je me dis que peut-être son cancer a dégénéré. Peut-être qu'il est gravement malade, peut-être qu'il a besoin de moi et que je ne suis pas là pour lui. Mais il revient, il me rappelle, comme si de rien n'était.

Des fois, il me noie d'attentions, puis il disparaît des radars et je me demande si j'ai dit quelque chose qu'il ne fallait pas. Non, il est juste débordé de travail. Seulement, quand il trouve le temps pour moi, j'ai l'impression d'être une princesse.

C'est ainsi qu'il m'emmène pour un *date* que je ne pourrais jamais oublier, honnêtement. On est en début d'après-midi, il a tout préparé et me bande les yeux dans la voiture. Il prend ma main, m'aide à sortir et me sort même une réplique d'*Aladdin*. Julian sait vraiment ce qu'il fait.

— Tu as confiance en moi ?

— Quoi ? je réponds, répétant le dialogue malgré moi.

— Tu as confiance en moi ?

J'approuve d'un petit signe de tête, amusée qu'il partage la référence, et il m'emmène à quelques pas du véhicule. Je reconnais le chant des mouettes, la musique des vagues qui s'écrasent sur le sable, le sel qui parfume le bout de ma langue. Pourtant, il garde la surprise et me guide encore.

Finalement, je découvre un jet-ski, et à l'arrière un sac waterproof.

— Prête ?

Prête pour ce *date*, prête pour monter sur un jet-ski, prête pour lui laisser mon cœur, prête pour lui offrir ma vie. Prête, oui. Mais je ne dis rien, je me contente d'acquiescer d'un signe de tête et de m'installer derrière lui.

Tu devrais pas attendre encore un peu, quand même ? suggère ma petite voix.

J'ai envie de la noyer dans la mer. Qu'est-ce qu'il faut de plus pour dire qu'un mec est parfait ? Julian me fait des surprises, m'offre des cadeaux, s'intéresse à moi, à ma vie, ne m'oblige pas à changer de vêtements, ne m'impose pas de burger chez McDo ni de choix musicaux, il fait de moi sa priorité dans la vie.

Mais, comme je te l'ai dit, j'apprends de mes erreurs. La plus grosse que j'ai faite avec Alban, c'est de museler mon intuition, alors je m'interdis de la reproduire. Même si le *date* est le plus beau qu'on m'ait organisé, avec un pique-nique où il a rassemblé tous les aliments que je préfère pour les déguster devant un coucher de soleil, sur un bout de plage abandonné, j'attends. Je ne l'embrasse pas, il me ramène à la maison sans que ça aille plus loin. Mon cœur, pourtant, se débat fort.

Et, dans les jours qui suivent ce rendez-vous romantique digne d'un conte de fées, ma petite voix n'arrête pas de me répéter : *Je te l'avais dit, heureusement que tu m'as écoutée, hein ?!*, comme une grosse reloue. Mais, oui, une grosse reloue qui avait raison. Parce que Julian ne me répond pas. Je lui envoie des messages, je le remercie pour ce *date* fabuleux, je lui dis que je pense à lui, je commence à faire un pas vers lui, je commence à écarter les barreaux autour de mon cœur. Mais pas de réponse, pas de message.

Et j'oscille entre : *C'est ma faute, j'ai dit un truc qu'il fallait pas, en fait il ne m'aime pas* et *Mince, et si quelque chose de grave était arrivé ?*

Puis, il se pointe à ma porte, avec un immense sourire, une valise vide et neuve, et il me dit :

— Fais tes valises, je t'emmène à Milan pour quatre jours. On part dans quinze minutes.

Je souris, et je le suis. Je le suis à Milan parce que je suis prête à le suivre au bout du monde.

Cette fois, ma petite voix ne dit rien, et mon cœur explose. Il gagne la guerre, et on s'envole. Et ensuite, c'est l'amour fou.

Chapitre 8

Conseil #10

Avant de te raconter le reste, je préfère tout de suite le dire, parce que ça ne sert à rien de créer un suspens sur une relation aussi toxique : Julian est un pervers narcissique. Non, cette histoire n'a pas été toute belle, toute rose, loin de là même. Seulement, à cette époque, on ne parlait pas autant de pervers narcissique, de toxicité. Maintenant, avec le recul, ça me paraît évident et j'ai espoir que je ne serais pas tombée dans ce piège en sachant ce que je sais aujourd'hui.

VOICI UNE LISTE DE CHOSES QUI DOIVENT T'INQUIÉTER, OU, AU MOINS, TE METTRE LA PUCE À L'OREILLE :

- Iel traite tout·e·s ses ex de fou·folles, en parle en mal et les dénigre.
- Iel impose toujours ses choix.
- Iel te *gaslight*, c'est-à-dire qu'iel t'endort, te manipule, fait toujours retomber la faute sur toi, même quand iel est clairement en tort.
- Iel n'a jamais de petites attentions, de baisers, de câlins.
- Iel te rabaisse, d'abord en rigolant, puis méchamment.
- Iel a toujours un truc à redire : ta manière de rire, de t'habiller, de boire...
- Iel te ment, tout le temps, pour tout, même pour des trucs insignifiants.
- Iel parle, parle, mais ne fait rien. Iel ne change pas.
- Iel se moque de toi sous couvert d'humour.
- Iel ne te trouve jamais assez bien.

- Ellui et toi, vous vous aimez d'un amour « exceptionnel », mais qui peut basculer d'un coup. C'est l'amour fou et la seconde d'après, vous vous disputez.
- Iel t'inonde d'amour en début de relation. Iel te dit tout ce que tu as toujours rêvé d'entendre, tout ce que tu as rêvé qu'on te fasse, et puis, plus rien. Parfois, des mois plus tard, tu te demandes si tu as rêvé tout ça, car tu ne le·la reconnais plus.
- Iel menace de s'ôter la vie si jamais tu oses le·la quitter.
- Iel t'isole peu à peu des gens qui comptent vraiment pour toi et qui te veulent du bien. Ceux capables de te mettre en garde contre ellui, quoi. Ta famille, tes amis, tu les vois de moins en moins, et tu n'oses plus leur parler.
- Iel te demande des comptes-rendus exclusifs et détaillés des moments où iel n'est pas avec toi. Iel veut savoir ce que tu fais, avec qui, iel fouille dans tes affaires, dans ton téléphone, iel te géolocalise en permanence. Mais ellui, à l'inverse, ne te dit rien de ses sorties et reste toujours mystérieux·se et évasif·ve sur ce qu'iel a fait en ton absence.

En effet, le·la pervers·e narcissique utilise toujours le même schéma.

CE SONT DES RELATIONS DÉVASTATRICES, QUI PEUVENT PROFONDÉMENT TE BLESSER, TE CHANGER, DONC SURTOUT PRENDS BIEN GARDE, FAIS ATTENTION À TOI. ON SORT RAREMENT DE CE GENRE DE COUPLE SANS Y LAISSER DES PLUMES.

Au début, bien sûr, je ne vois que l'amour dont il m'inonde. Je le compare à Alban, malgré moi, et je me rends compte que mon ex ne m'aimait pas vraiment, pas comme Julian. Car pour lui, j'ai l'impression d'être le centre du monde, l'impression qu'il pourrait renommer le Soleil en mon nom, l'impression d'être une reine, qu'il me dédie un empire.

Il m'emmène donc en surprise à Milan, me couvre de cadeaux, d'attentions, de mots d'amour, de baisers. Je passe quatre jours sans toucher terre. On va dans des restaurants, dans des boutiques de luxe, on marche, on rit, on mange des glaces. Et, dans ses yeux, je décèle un amour profond, réel.

Je voudrais ne jamais revenir de Milan, je voudrais rester là-bas pour toujours, dans mon conte de fées. Et pourtant, le retour à la réalité et en France n'est pas aussi douloureux que je l'imaginais. Julian est toujours là pour moi. Il continue de m'appeler souvent, de me proposer des rendez-vous tous plus romantiques les uns que les autres, de me faire livrer des robes simplement parce qu'on est passés dans la boutique, que j'ai dit « Oh, elle est belle », et qu'il est retourné me l'acheter.

Mon cœur est comme un fou, ma petite voix est prise au piège et ne trouve rien à redire non plus.

C'est le bonheur, c'est l'amour, le vrai, avec un homme qui sait ce qu'il veut.

À notre retour de Milan, je craignais tellement qu'il m'oublie, qu'il disparaisse, noyé de travail, mais non. Même si c'est un homme d'affaires, il est présent, il trouve toujours un moment pour moi.

Alors, j'y crois. Je n'ai plus dix-sept ans, je me dis que j'ai vécu mon lot de relations nulles, difficiles, décevantes et quand je le regarde, je l'aime. Et j'aime toujours aussi fort, entièrement, alors je le vois comme un futur mari, comme le père de mes enfants, comme celui en qui je peux placer toute ma confiance, tous mes espoirs, tous mes rêves pour l'avenir.

Comme tout se passe incroyablement bien entre nous, que tout est naturel, bientôt, je passe tout mon temps avec lui. C'est l'être humain le plus important de ma vie, je n'arrive pas à passer une minute loin de lui. C'est comme du temps de perdu. Je suis sur un nuage.

Alors, un jour, quand il me demande au restaurant « On devrait emménager ensemble, non ? », je ne vois pas pourquoi je refuserais ça à l'homme de ma vie. C'est évident qu'on doit vivre ensemble !

— Oh, oui, j'adorerais !

— Bon, par contre, il continue. Franchement, je préfère pas qu'on emménage chez moi.

— Pourquoi ? je demande.

Et c'est une vraie question, il m'a dit qu'il possédait un grand appartement à Cannes, mais je n'ai jamais pu y aller et on se retrouve toujours chez moi. J'espérais que ce serait le moment de voir son chez-lui, d'en faire un chez-nous.

— Non, mais je vais le revendre, je déteste cet endroit. J'y ai vécu trop de trucs compliqués, je ne veux pas que l'on construise notre vie là-bas. Ça entacherait tous les merveilleux souvenirs qu'on va se créer, tu comprends ?

— Oui, bien sûr, pas de souci, mon cœur.

Évidemment que je le comprends ! Je n'ose pas l'interroger sur les souvenirs qui encombrent cet endroit. Je me doute que ça a à voir avec sa maladie, peut-être même avec d'autres relations. Je ne veux pas en parler, je ne veux penser qu'au bonheur qui nous attend, je veux lui changer les idées, lui faire oublier tout ce qui pourrait obscurcir sa journée.

Du coup, c'est chez moi qu'on emménage, parce que j'ai déjà un appartement assez grand pour deux. Je suis tellement excitée à l'idée de me réveiller à ses côtés tous les jours. Enfin un mec qui n'a pas peur de s'engager, qui me prouve qu'il croit à notre amour, qui s'investit dans notre couple. Ça me fait un bien fou. Ça me rassure terriblement. Alors, il envahit progressivement mon appartement, mon cœur, ma vie entière.

Et puis, peu à peu, mon monde ne tourne plus qu'autour de lui.

Mais je ne le remarque pas. Pas négativement en tout cas, pour moi, c'est une preuve d'amour de plus, c'est notre amour qui grandit, et à qui je veux offrir tout mon temps. Quand je lui dis que j'ai une soirée prévue avec mes copines, avec Marine ou avec ma mère, il me propose alors un rendez-vous, une soirée, il me fait une surprise et m'emmène à l'autre bout de la France en voyage.

Ce n'est rien, c'est juste de l'amour.

De plus en plus souvent, je me rends compte que mon téléphone bugue un peu. Je ne reçois plus les notifications de messages de mes proches ni leurs appels. Je change de portable. Ce n'est pas mieux. Et puis, un jour, je le surprends qui se penche sur mon téléphone, et qui refuse un appel. Je l'interroge, étonnée, et il me jure qu'il a fait une mauvaise manip, qu'il voulait me le donner, son doigt a ripé.

Ce n'est rien, c'est juste de l'amour.

Parfois, quand il me surprend en train de faire des *stories* pour mon compte Insta, il passe en arrière-plan, s'excuse, m'oblige à recommencer. Quand il regarde ensuite par-dessus mon épaule, il rit : « Non, mais franchement, là, bébé, t'as un double menton de l'espaaaace ! Franchement, je savais pas que je sortais avec Jabba le Hutt ! » Ouais, c'est vrai qu'il a raison. Raison aussi quand il me dit que ma voix est trop insupportable, trop aiguë, alors je refais les *stories*, je recommence, encore et encore.

Ce n'est rien, c'est juste de l'amour.

Quand je cuisine pour lui, il me jure que je fais ça trop bien pour m'aider, alors il me regarde de loin, sur la chaise du bar, le téléphone à la main. Je lui demande à qui il écrit, il me dit que ça me regarde pas. Il dit ça avec un sourire, alors je me dis qu'il rigole, mais il ne me répond pas. Jamais. Et puis, quand il goûte ce que j'ai préparé avec amour, il me dit que son ex cuisinait mieux que ça, franchement. Bon, c'était une garce, une manipulatrice, mais elle avait un talent, au moins, c'était de bien cuire la viande ! Il me propose, en riant, de me passer son numéro pour qu'elle me donne des cours et que je puisse bien satisfaire mon homme, comme ça. Je ris avec lui, malgré le goût amer qui me prend la bouche.

Ce n'est rien, c'est juste de l'amour.

Quand il me dit que je ne suis pas assez belle, pas assez, c'est juste de l'amour.

Quand il me dit que, sans lui, je ne serais vraiment rien, c'est juste de l'amour.

Quand il me dit qu'il ne peut rien me demander, que je surréagis, c'est juste de l'amour.

Quand il me dit que c'est dans ma tête, c'est juste de l'amour.

Quand il me dit que je ne vois que le côté négatif, que je surinterprète, c'est juste de l'amour.

Alors, je me fonds dans son ombre. Parce que, jour après jour, je me dis que j'ai dû faire quelque chose pour qu'il change autant, pour qu'il ne m'aime plus comme au début. C'est sûrement inconscient, mais je pense à mon père, je pense à tout ce que j'ai fait pour lui plaire, à tout ce que je dois faire pour plaire à Julian, je me dis que oui, le problème, c'est moi, c'est l'évidence même.

Je ne suis pas assez bien pour être aimée.

Je le crois, parce que je veux tellement me sentir digne de son amour, de ses attentions, de lui. Il est parfait, donc je suis persuadée que c'est à moi de faire tous les efforts. Et je les fais. Dieu sait que pendant deux ans, je fais de terribles efforts.

Quand il critique mes amis, ma famille, je suis d'accord avec lui et je leur trouve tous les défauts du monde. Ma meilleure pote est trop intrusive, trop curieuse, elle est jalouse de notre relation, et elle tente de nous séparer, c'est clair. Marine est trop jalouse de ma réussite sur les réseaux sociaux et si elle traîne avec moi, c'est juste pour apparaître dans mes *stories* et faire des vues. Ma mère est jalouse de Julian, de ce qu'elle n'a jamais eu avec mon père et elle ne peut pas croire que sa fille soit heureuse avec un homme, elle refuse de me voir grandir. Mes potes sont juste des profiteurs, ils sont avec moi pour que je les rince, pour mon argent. Ils ne sont pas vrais avec moi. Le seul qui soit sincère, c'est Julian.

Il est tellement heureux, le jour où je dis à Marine que je ne veux plus la voir. Il me serre dans ses bras et essuie mes larmes toute la soirée. Il me dit que j'ai raison, que j'ouvre enfin les yeux. Il m'endort, et surtout il étouffe la petite voix en moi. Parce que je suis persuadée que Julian m'a permis d'écarter des gens toxiques pour moi.

Tout ce qu'il me demande, je le fais.

Des choses pour lesquelles je ne suis pas d'accord. Il choisit mon *make-up*, parce qu'il sait tellement bien ce qui met mon visage en valeur. Il choisit mes fringues, parce qu'il sait ce qui fera sensation en photo, parce qu'il connaît mon corps mieux que moi.

Surtout, il s'immisce dans ma vie professionnelle. C'est la dernière étape.

Et je lui ouvre la porte, bien sûr. Ensemble, on prend des photos. Peu importe que je ne sois pas toujours à mon avantage, du moment que lui est beau comme un dieu, que la lumière tombe sur son visage. Sur les réseaux, on a l'air d'un couple parfait. C'est simple, il n'y a plus de *stories* sans lui, plus de *post* sans lui, plus de *caption* que je n'écrive pas sans lui demander son avis, enfin, plutôt, son accord. Il est partout et dans les commentaires les gens ne nous envoient que de l'amour. On vend un rêve auquel, déjà, je commence à ne plus croire.

Mais ça ne suffit pas.

Pour que notre amour soit absolument parfait, il décide que non, il faut qu'on aille plus loin. Alors, sur un coup de tête, un jour il me lance :

— On part s'installer à Dubaï. On va commencer une nouvelle vie, bébé !

Je n'ai pas mon mot à dire. Je ne vois qu'un paradis, un endroit où on pourra être vraiment heureux, où je pourrai faire taire ma petite voix.

Un endroit pour tout recommencer. Je ne vois pas à quel point je vais être seule, loin de tout le monde.

Chapitre 9

Je m'envole vers ce que je pense être mon paradis, sans savoir que je vais mettre les pieds en enfer. Je ne parle pas de la vie à Dubaï, en tant que telle. Je parle de la vie avec Julian, loin de tous les gens qui me sont chers et qui tiennent sincèrement à moi.

Toute ma vie est contrôlée. De l'heure de mon réveil à ma coiffure, en passant par mon maquillage, mes fringues, ce que je mange, combien je pèse, les *posts* sur Instagram, mes appels, mes *stories*, mes allers-retours. D'ailleurs, c'est bien simple, je n'ose plus sortir de notre maison à Dubaï.

Et pour mon téléphone, on pourrait se demander si c'est le mien ou bien celui de Julian, qui l'utilise à foison, publie parfois même sans me montrer ce qu'il fait de mon compte.

Je ne reçois plus trop de messages de ma famille, de mes amis. Et je suis bercée par deux sentiments en même temps : ils ne sont pas bons pour moi, ils me jalousent, ils ne me veulent pas vraiment du bien et en même temps, avec ce que je leur ai dit, avec le peu de nouvelles que j'envoie, c'est bien normal qu'on s'éloigne. On se parle de la pluie, du beau temps, mais je ne me confie plus. Mes secrets, je ne les offre qu'à Julian. Ma peine, je l'enfouis au creux de ma poitrine.

Depuis quelques semaines qu'on est arrivés, ma petite voix recommence à se faire entendre, elle hurle. Mais je ne peux pas partir... je ne sais même pas de quoi je pourrais me plaindre. J'ai un homme qui m'aime, qui prend soin de moi, qui vit avec moi, a les mêmes passions. On vit dans une des villes les plus attractives du monde, j'ai un métier incroyable, une communauté merveilleuse. Qu'est-ce que je pourrais bien reprocher à ma vie ? Et qui pourrait m'entendre ?

Alors, sur les réseaux sociaux, on continue de jouer au couple parfait. Vraiment, chaque jour, on vend une histoire qui n'existe pas réellement. On va dans des restaurants incroyables, on porte des tenues de folie, on est toujours si beaux, si souriants, si amoureux. Je vis le rêve de milliers de personnes. Et je le vis en *live*, devant eux, devant vous. Je vois vos commentaires de bonheur, de meilleurs vœux, des messages qui commentent mon couple, ma coiffure, mon *make-up*, mon poids, mon bonheur. En réalité, je n'ai de prise sur rien de tout ça.

Mais Julian est heureux, alors je suis heureuse.

C'est ça, l'amour, non ?

Au milieu de ce paysage qui a tout d'un paradis, sur ces photos où mon sourire resplendit, au bord des plus belles piscines du monde, j'ai le sentiment que je n'ai pas le droit de me plaindre. Que l'aigreur que je ressens n'est pas légitime. Pourtant, quand je pose mon portable, quand ma *story* est en ligne et que je reviens à la vraie vie, la réalité est bien différente. Terrifiante.

> Si tu es sensible, si la violence et notamment les violences conjugales sont des sujets qui te touchent, qui te heurtent et qui peuvent te blesser, ne lis pas la suite. On se retrouve au chapitre 10.

Quand je reviens sur cette époque de ma vie, la première chose que je me dis, c'est que j'ai eu du courage, de passer à travers toutes ces étapes, de vivre et de subir ce que j'ai eu à endurer. Je ne le souhaite à personne, mais je sais au moins que je suis une guerrière. Toutes les personnes qui subissent ces situations sont des guerrières. Je te vois, tu n'es pas seul·e.

En soi, ma situation est tellement particulière à ce moment-là. Je suis une des femmes les plus entourées du monde, avec mes amis, ma famille, et mes milliers d'abonnés, et pourtant, je ne me suis jamais sentie aussi seule. Sur Instagram, il était impossible de dire les choses, d'étaler son malheur. D'ailleurs, c'est toujours très difficile, aussi authentique et proche de vous que l'on veuille être. La malédiction, c'est d'être considérée comme une « star » de la téléréalité, d'être vue comme quelqu'un de superficiel qui n'a pas le droit de se plaindre de sa vie. Parce qu'on fait de la télé, on n'a pas le droit d'être malheureux, comme les autres, mais surtout, on ne doit montrer qu'une existence de rêve. Surtout, pas de problèmes, pas de vagues.

Et honnêtement, je suis une fille positive dans la vie, donc être authentique et créer une parenthèse, je le fais sans souci, parce que je passe vraiment mes journées à kiffer, à sourire. Sauf à cette époque. Tout me semblait faux et mis en scène. Mais Julian devait approuver toutes mes photos, et donc, je ne trouvais rien à dire, je n'avais aucune plateforme où m'exprimer. Ma seule liberté, c'était de petits carnets où je notais mes états d'âme, où j'évacuais la pression.

Parce que, le premier souci, c'est que je ne pouvais même pas m'admettre à moi-même que j'étais terriblement malheureuse, que mon couple n'allait pas, que l'homme que je pensais être mon futur mari, l'amour de ma vie, le père de mes enfants, était toxique. Pendant des mois, j'endormais mes doutes, je les mettais sous un tapis et je continuais de sourire, de croire que tout irait bien.

Ce n'est que bien plus tard que je vais pouvoir parler de ces violences, de celles qu'on subit pour un homme, à cause d'un homme. Et que je vais créer une plateforme en ligne pour permettre à toutes les survivantes comme moi d'en parler. Mais à cette époque, comme beaucoup, je reste seule, je subis, je serre les dents, je ferme les yeux, je me berce d'illusions parce que c'est la seule manière de survivre à un jour de plus.

Surtout qu'à cette époque, c'est compliqué, parce que le rêve et le cauchemar cohabitent. Ma relation est désastreuse, mon rapport à moi-même est terrible, j'endure des choses que je ne souhaiterais même pas à mon pire ennemi, et pourtant, je vis un rêve éveillé avec mon travail. Je suis épanouie comme jamais, parce que tout se passe bien, parce que je suis entourée d'une super communauté, parce que les gens sont intéressés par ce que je poste, par moi.

Alors, je me dissocie, je survis aussi, à cette époque, grâce à vos *likes*, vos commentaires, parce que le monde que je construis en ligne m'apporte plus de bonheur que ne pouvait jamais le faire la vraie vie. Je veux être pour vous ce que je n'ai pas dans mon existence : une amie, une alliée, quelqu'un à qui vous pouvez vous confier, avec qui vous passez de super moments, avec qui vous oubliez tout ce qui vous pèse.

Parce que, dès que je pose le téléphone, Julian s'acharne à me faire oublier tous mes rêves.

Ça commence par contrôler toute ma vie, mais une fois à Dubaï, une fois que je suis complètement seule, une fois qu'il a arraché tous les fils qui me retenaient aux gens que j'aime tant, ça ne suffit plus. Je ne lui suffis plus, je ne suis jamais assez bien. Le moindre mot peut le faire partir en folie, il pète les plombs d'un coup.

Combien de fois, j'ai posé une question. Une toute petite ; une toute innocente.

Et combien de fois est-ce qu'il a cassé un vase, jeté une assiette, frappé un mur. C'était ma faute, j'étais tellement conne, je le cherchais, c'était moi qui le mettais dans des états pareils ! J'avais dit un truc qu'il ne fallait pas.

— Ju', on sort ce soir ?

— Tu veux aller au restaurant ? Mais tu te prends pour qui, la princesse, là ?!

— Mais, c'est toi qui m'as proposé que...

— J'ai proposé quoi, moi ? De t'emmener au resto ? Mais t'es folle ou quoi, j'ai jamais dit ça ! Tu t'inventes des vies, pauvre cinglée. Tu crois que j'ai envie d'aller au restaurant avec toi ce soir ? Qu'on nous voie ensemble alors que tu ressembles à ça ? Non, on reste là, tu vas me préparer à manger, et t'as intérêt de bien cuire la viande cette fois, j'en peux plus de tes plats infects ! Putain, mais t'abuses, sérieux !

Parfois, c'était même plus pervers que ça. Je n'osais plus rien dire, je n'osais plus rien demander. Parce qu'un mot de moi suffisait à embraser sa rage.

— Je peux aller me doucher, ça ne te dérange pas ? j'ai osé demander un jour, en y mettant tellement de formes, en prenant tellement de pincettes pour juste faire ma toilette...

— Quoi? Mais tu te fous de moi, Sarah? Maintenant? Genre, tu veux te doucher maintenant? Mais bordel, t'es vraiment conne! Tu vois pas qu'on va sortir là? Tu écoutes, quand je te parle ou juste tu t'en fous complètement de ma gueule? Tu me prends vraiment pour un gros con, hein? Ça te fait rire de te foutre de moi?

Je finissais en pleurs, assise sur le carrelage de cette super salle de bains. En arrivant dans cet appartement de luxe, au cœur de la capitale des Émirats, j'avais imaginé tellement d'autres scénarios. Je m'imaginais me laver les dents au lavabo si design, Julian qui arrivait derrière moi et me faisait un bisou sur l'épaule. J'imaginais les photos canon dans la baignoire, j'imaginais les moments romantiques dans la douche avec le jet cascade, j'imaginais les matins à se préparer ensemble, les soirs à me démaquiller avec lui à mes côtés et à lui raconter ma journée. Je l'imaginais me dire que j'étais trop belle, en voyant mon reflet dans le miroir.

J'ai vu de l'amour dans chaque meuble, dans chaque détail.

Mais le plus souvent, cette salle de bains m'a servi à m'enfermer, à pleurer, à gérer ma respiration et mes espoirs brisés. Je ne savais plus quoi dire, je n'osais plus respirer. La plupart du temps, je me retrouvais dans l'ombre de Julian, à sourire à ses blagues, rire à ses boutades, même quand elles me visaient, surtout quand elles me visaient. Je disais « amen » à tout, je ne proposais rien, n'osais plus l'interrompre, briser le silence. Je n'osais plus rien.

Alors, un jour, pendant que mes larmes recouvrent le carrelage de la salle de bains, je tire sur le seul fil qui me retient encore à la vie. Julian vient de quitter l'appartement en trombes. J'ai dit je ne sais quoi, sans doute que je ne voulais pas de sucre dans mon café, et il a pété un bocal en verre, marché dedans, s'est blessé, m'a insultée, m'a accusée de vouloir le tuer, puis il est sorti en tempêtant.

Je ne me sens pas en sécurité. Je vois la vie de Dubaï défiler sous mes fenêtres quand je saisis mon téléphone. J'appelle ma mère. Même si j'ai dit des choses que je regrette terriblement, même si pendant des mois Julian a presque réussi à me convaincre qu'elle ne veut pas mon bien, qu'elle tente de nous séparer pour que je ne connaisse jamais un bonheur qu'elle-même n'a pas connu avec mon père, je n'ai pas pu rayer ma mère de ma vie. Pas tout à fait.

C'est mon pilier, mon roc, ma raison de vivre, le but même de mon existence.

Ça l'a toujours été. Et elle n'est jamais partie, elle est restée là, elle a pris soin de moi, autant qu'elle le pouvait. Elle m'a protégée dans l'ombre.

— Maman ? je dis quand elle répond finalement.

— Sarah ? Chérie, ça va ?!

Je lui raconte mon enfer quotidien. Pour la première fois, j'ose en parler à quelqu'un, j'ose dire la violence, les mots, l'humiliation constante, l'emprise qu'il a sur moi, sur les réseaux et dans notre vie personnelle. Ma mère m'écoute sans me juger, sans m'interrompre. Elle me pose des questions, et puis elle souffle un bon coup alors que mes larmes s'épuisent.

— Sarah, tu dois le quitter.

— Non ! Non, maman, tu ne comprends pas ! Je pense qu'il traverse un moment compliqué au boulot, mais je suis sûre que ça va passer. Tu te souviens comment il était au début ? Je suis sûre qu'on va pouvoir retrouver ça. J'ai dû faire un truc, j'ai dû...

— Sarah ! Quitte-le. Il n'y a aucune excuse pour ce qu'il te fait. Aucune, tu m'entends ? Quand on aime quelqu'un, on le respecte, on ne l'insulte pas, on ne le rabaisse pas.

— Maman, je ne peux pas, je l'aime.

Je l'aime, et je suis persuadée que tout vient de moi, que c'est moi qui nous empêche d'être heureux, comme au début. Je ne peux pas le quitter. J'avais déjà eu du mal à imaginer ma vie sans Alban alors que j'avais tous mes repères, mes amis, ma famille, ma maison, je ne peux pas quitter Julian alors que je suis loin de tout et de tout le monde. Pour aller où ? Pour faire quoi ?

— Sarah, écoute-moi...

Je n'ai jamais entendu ma mère aussi sérieuse. Elle inspire un bon coup et elle dit une phrase qui doit la briser. Pour sûr, ça me brise, moi, de l'entendre.

— C'est lui, ou c'est moi, Sarah. Je refuse d'assister à ça, de te laisser t'enterrer dans cette relation, d'en être témoin et de ne rien dire. Quitte-le, tu dois partir, rentre à la maison. Je refuse de venir vous rendre visite, de sourire, de faire comme si tout allait bien, comme si c'était normal. Alors, tu dois choisir, ma chérie.

— Mais maman...

Moi qui pensais avoir épuisé tout mon stock de larmes, me voilà en sanglots à nouveau, sur le carrelage de ma salle de bains, les bras serrés autour de moi. J'ai l'impression qu'elle m'a frappée droit dans le ventre. J'en perds la respiration, j'en perds mes mots.

Ma mère, c'est tout pour moi. Vivre un jour sans elle, c'est comme si on m'empêchait de respirer, inenvisageable. Elle avait déjà tenté de me faire entendre raison, elle avait déjà utilisé des méthodes plus douces, des paroles plus subtiles. Mais ce coup de téléphone, je crois que ça a été la goutte d'eau en trop dans une mer d'effroi.

En tant que maman, elle a tout tenté pour me faire réagir, pour me sortir de là. Je crois que cet ultimatum a été aussi dur à dire qu'à entendre.

Conseil #11

Peut-être que, malheureusement, tu n'es pas entouré·e comme je l'étais d'au moins une personne prête à tout pour toi, d'une personne qui a la clarté d'esprit qu'il te manque, qui ne pense qu'à ton bonheur, qui sait que, parfois, il faut dire des choses dures pour que ça aille mieux.
Je vais tenter d'être cette personne pour toi, autant que possible.
Parce que, sache que tu n'es pas seul·e. Je te jure que c'est vrai. Je sais que ta moitié te fait croire que tu ne vaux rien, que sans ellui, tu n'es rien, que tu n'es pas assez, que tu as déjà de la chance d'être aimé·e par ellui, mais c'est faux.

TU ES AIMÉ·E, POUR QUI TU ES VRAIMENT, PAR D'AUTRES QUE CETTE PERSONNE TOXIQUE.

Il te reste encore beaucoup de gens à rencontrer qui t'aimeront comme tu ne peux même pas l'imaginer.

Je sais que ça demande beaucoup de courage, beaucoup de force, mais tu l'as en toi !
Si tu ne sais pas qui appeler, voici une liste de numéros verts, ce sont des spécialistes qui sauront comment te conseiller, qui pourront t'aider. Ils sont là pour toi, sans jugement :

- 3919 : numéro pour les victimes de violences sexistes et sexuelles.
- 08 84 28 46 37 : numéro pour toutes les victimes de violence.
- 08 00 05 95 95 : numéro pour les victimes de viols et d'agressions sexuelles.

Il n'y a pas de bons moments pour parler, à part celui où tu te sens prêt·e, mais à ces numéros, tu peux être certain·e de toujours trouver une oreille bienveillante.

Et voici de petites phrases pour t'aider, à te répéter encore et encore. N'hésite pas à les écrire, à te les dire quotidiennement. Il paraît que ce que l'esprit conçoit et croit, il peut l'obtenir.

- « Iel projette, c'est d'ellui qu'iel parle, pas de moi. »
- « Le silence est la plus grande preuve de mépris. »
- « Je vaux mieux que ça. »
- « Ce n'est pas de l'amour. »
- « Ce n'est pas ma faute. »
- « Quand on traverse l'enfer, il faut continuer d'avancer. »
- « Il n'y a pas de petites victoires. »
- « Je suis maître de mon destin. »

Après l'appel de ma mère, je mets des heures à sortir de la salle de bains. J'ai peur de la réalité qui m'attend de l'autre côté, peur de tomber sur Julian. Mais il s'est calmé. Comme Jekill et Hyde, j'ai maintenant le droit à la jolie part de ce manipulateur. Celle qui me fait croire que ce n'était qu'un coup de folie, que ça passera, que j'ai dû imaginer tout ce qui vient d'arriver.

Il est donc là, dans la cuisine, tout sourire, avec un bouquet de fleurs fraîches dans un vase. Et on ne parle pas de ce qui est survenu, de sa crise, de sa colère, de sa rage. Il fait comme si ce n'était jamais arrivé, alors je l'imite. Je ne veux pas provoquer à nouveau sa haine. J'ai peur, je préfère cette version de Julian, celle qui me fait croire qu'il y a encore un espoir. Et, alors que je sens le bouquet magnifique qu'il a acheté, et que je le remercie, je me demande si je n'ai pas tout inventé...

J'envoie un message à ma mère en lui montrant le cadeau de Julian, je lui dis que tout va bien avec un smiley. Je le pense. J'y crois, profondément.

Seulement, Julian ne change pas. Je m'endors la nuit en pleurs, il me dit que je dois arrêter de faire ma pleureuse. Je ne trouve plus la force de manger, il me dit que ça tombe bien, il me trouvait « grave enrobée dernièrement ». Il me reproche de respirer, de souffler, de trop sourire, de trop pleurer, de ne plus être moi-même, de jouer un rôle.

Mais ce rôle, je l'endosse malgré moi, parce que j'ai peur de qui je suis, de la prison dorée dans laquelle je suis enfermée. Je retrouve de vieux démons que je pensais avoir enfermés il y a longtemps.

Je passe des heures dans la salle de bains, dans ce havre de paix. Je gomme ma peau en espérant faire partir mes problèmes, je m'enduis de crème, pour masquer la tristesse qui me colle à la peau. Je tiens pendant des mois, je ne sais pas comment.

Et puis, un jour, il rentre de soirée. Bien sûr, il n'était pas question que je parte avec lui. Je suis restée, bien sagement à la maison. J'ai tremblé en attendant son retour. J'avais peur qu'il rentre, peur qu'il ne rentre pas, peur qu'il m'ait trompée, peur qu'il me fasse encore des reproches.

Il pousse la porte de la chambre à six heures du matin, sa chemise imprégnée d'alcool.

Il allume la lumière comme si mon sommeil ne vaut rien.

Dès que j'ouvre mes yeux, je retrouve mon rôle. Je l'interroge sur sa soirée, sur ses amis, je prends de ses nouvelles. Je coche les cases de la *to-do* de la meuf parfaite. Et puis, alors qu'il se déshabille avec des mains tremblantes, il relève la tête.

— Mais tu vas pas fermer ta gueule, à un moment ?

Et je vois un éclair passer dans ses yeux. Comme si l'alcool dévoilait toute la violence qu'il contenait en lui. Et j'ai peur. Il est parfaitement immobile, il ne bouge pas. Moi non plus. Je n'ose pas respirer. Sans un mot, je me recouche, et je ferme les yeux. Je ne dors pas de la nuit. Cette fois, je comprends. Il ne changera pas.

Je ne suis pas le problème, et je ne mérite pas ça. Personne ne le mérite. Je mérite d'être aimée, respectée, alors je me choisis, moi.

J'attends qu'il parte. Pendant une journée, je dois donc faire semblant d'être heureuse avec lui, de lui pardonner, d'oublier. Je me fais toute petite sur le canapé. Quand il tend une main vers moi, je sursaute, mais je souris, pour compenser, pour endormir sa confiance, pour lui faire croire que je suis encore le paillasson sur lequel il peut essuyer sa frustration.

Dès qu'il met un pied dehors, avec son habituel : « Je reviens vite, bébé, à tout à l'heure », je souris, j'approuve d'un signe de tête, et je compte. Un, deux, trois, quatre, cinq, cent cinquante, trois cent quatre… et puis, je me lève, une fois certaine qu'il n'est plus là.

Je fonce dans la chambre en courant, je prends un sac, et j'y fourre l'essentiel. De quoi survivre.

Puis, je fuis. Je me réfugie ailleurs, parce qu'il n'y a pas mille manières de le dire : j'ai peur.

Donc, je m'en vais. Je m'abrite chez des amis. Assez éloignés de notre cercle pour que ce ne soit pas évident que je suis chez eux.

Et il me cherche, partout, comme un fou. Pendant des jours, je n'ose pas sortir de ma chambre, mais j'entends parler par mes potes de ce qui se passe dehors. Julian est parti à ma recherche et il hurle que si je ne reviens pas, ça va mal se terminer. Il questionne tous nos copains, il menace ceux qui refusent de dévoiler où je me trouve et je suis terrifiée. Je ne peux pas m'empêcher de redouter ce qu'il se passera s'il me met la main dessus.

Heureusement, j'ai des amis en or à cette époque. Ils me protègent sans faillir.

De toute façon, Julian se dévoile pour la première fois exactement tel qu'il est réellement. J'ouvre les yeux et la réalité est terriblement horrible à contempler. Comment j'ai pu me tromper sur son compte pendant si longtemps ? Il m'a arraché le masque qui me voilait les yeux depuis le début.

Je n'ose même pas repenser à ses coups de téléphone, à ses SMS menaçants. Je les ai effacés aussitôt, à la fin je ne lisais plus rien, je bloquais tous les nouveaux numéros avec lesquels il me contactait. Mais c'était quoi, ma vie ? Continuer à me planquer dans la chambre de mes potes jusqu'à la fin de mon existence ? J'étouffais.

Alors, avant de retrouver confiance en moi, la première chose que j'ai faite, c'est de reprendre le contrôle de mes réseaux, à défaut de ma vie.

Et là, nouvel effroi.

Je savais qu'il avait la mainmise sur mon compte Instagram, je ne savais pas à quel point les commentaires et les DM que je recevais ne représentaient pas la réalité. J'ai découvert qu'il avait bloqué des dizaines et des dizaines de filles depuis des mois. Des meufs hyper bienveillantes qui me mettaient en garde contre lui, qui me suppliaient de rester loin, de ne pas le fréquenter.

Sarah, sors pas avec Julian, c'est un gros malade, pitié, dégage-le.

Ce mec est un PN, il va maîtriser toute ta vie et en faire un enfer. Je t'en supplie, crois-moi, je suis passée par ça et je me remets toujours pas de ce que j'ai vécu avec lui. J'espère vraiment qu'il sera différent avec toi, mais j'en doute. J'ai peur pour toi, Sarah.

Sarah, bouge. Julian est pas du tout celui que tu crois.

Putain, mais qu'est-ce que tu fais avec ce mec ? C'est un violent, un pervers, j'ai dû fuir et changer de ville pour échapper à ce gros malade.

Je n'en reviens pas. C'est un nouveau coup de poing dans le ventre. Il est comme ça depuis toujours, avec des dizaines de filles, victimes comme moi. Alors, quand il reste devant l'appart où je suis hébergée, qu'il me hurle dessus, qu'il menace de s'ôter la vie devant mes yeux si je le reprends pas, je reste forte. Je fais appel à tout mon courage, je me répète que je vaux mieux que ça, qu'il est malade, que je ne lui dois rien. Que je dois trouver mon bonheur ailleurs, loin, très loin de lui.

Il tente toutes les techniques pour me faire céder, et je tiens bon.

Ça me demande beaucoup de temps, pour m'en remettre. Je fuis Dubaï et tous les mauvais souvenirs que j'ai parsemés dans cette ville. Je retrouve ma mère, je lui dis que je n'ai pas choisi entre lui et elle, je me suis choisie, moi, surtout. Elle pleure, je pleure. Je retrouve mes amis, et Marine. Je m'excuse, mais eux m'assurent qu'il n'y a rien à pardonner. Ils me jurent que s'ils tombent sur lui, ils vont lui péter la gueule, lui faire regretter d'être né. Je les supplie de ne pas le faire, mais les entendre me fait du bien. J'aimerais que la menace change de camp parfois, qu'il ait peur, comme il a terrifié tant de femmes innocentes. Mais la violence ne résout rien.

Peu à peu, à mesure que je guéris, que j'oublie, que je tourne la page, je me rapproche de certaines de ses ex, et je suis capable d'entendre des choses que je refusais d'écouter plus tôt.

J'apprends ainsi que je ne connaissais pas Julian.

Non seulement parce que ce n'était pas un mec bien, attentionné, amoureux, et, comme je l'ai compris de la pire des manières, un manipulateur violent. Mais aussi parce que c'était un menteur compulsif. Il n'était pas orphelin. Il n'avait pas de cancer et n'était pas malade. L'appartement de Cannes qu'il détestait tant et que je n'avais jamais vu n'existait tout simplement pas. Il n'avait pas d'argent, pas de business. En fait, il vivait sur le fric qu'il avait arraché à ses partenaires précédentes. Puis il s'inventait un nouveau personnage, allait draguer une nouvelle fille, lui disait tout ce qu'elle désirait entendre et lui offrait une vie de rêve, payée grâce aux billets de sa précédente victime...

Je suis tombée amoureuse d'un homme qui n'était qu'une ombre, une illusion.

Chapitre 10

Après avoir vécu cette histoire avec Julian, je mets des mois à me remettre. Instagram devient un refuge, une parenthèse où j'oublie ce qui s'est passé, je souris, je montre ma vie sous son meilleur angle et dans les coulisses, je panse mes plaies. Parfois, quand je repense à ce qui s'est passé, à ce qui aurait pu arriver, aux libertés auxquelles j'ai renoncé, à l'amour que je pensais avoir, je me mets à pleurer. Et cette question : « Pourquoi moi ? Pourquoi est-ce que je ne peux pas trouver un mec bien, un mec qui me respecte ? » Ma mère n'arrête pas de me dire que ça n'a rien à voir avec le mérite, c'est juste que j'aime très fort, et que certains voient ça comme une faiblesse pour me manipuler, alors que c'est ma plus grande qualité.

Bref, pendant ces mois où je me reconstruis tout doucement, je me promets que c'était la dernière fois que je vis une histoire comme ça. J'imprime les lettres « *Plus jamais* » au fer rouge dans mon cœur, pour lui rappeler que ça ne peut pas se reproduire. Si je revis une histoire pareille, si je resouffre comme j'ai souffert, je ne sais pas si je serais capable de me relever.

Je pensais que le pire était derrière moi, mais il me restait encore une grosse épreuve...

Conseil #12

Rien n'arrive par hasard, paraît-il. Et, honnêtement, je pense que les routes les plus compliquées et les plus tortueuses mènent aux plus belles destinations.
Les difficultés, même les plus éprouvantes, ne doivent pas te stopper. Cette phrase est terrible quand on est

au milieu d'un ouragan, mais c'est vrai : « Ce qui ne te tue pas te rend plus fort·e. »
Dis-toi que quand tu vois une personne, quand tu salues tes potes, en réalité, tu ne connais pas toujours tout ce qu'ils traversent. On ne voit que le haut de l'iceberg et on ignore tout des épreuves que subissent les autres. Mais ça nous arrive à tous, de douter, d'être triste, en colère, de vivre des situations dont on pense ne jamais pouvoir sortir. Tu n'es pas seul·e.
Chaque rupture, chaque déception, permet de nous faire grandir, d'apprendre à nous connaître. Il n'y a pas de petites victoires, il n'y a que des grands pas.

ALORS, SOIS FIER·ÈRE DE TOUTES TES AVANCÉES, MÊME CELLES QUI SEMBLENT DÉRISOIRES POUR TON VOISIN. CHAQUE PROJET QUE TU MÈNES À BIEN, CHAQUE PEUR QUE TU AFFRONTES, CHAQUE RUPTURE DONT TU TE REMETS, CHAQUE PAGE TOURNÉE, EST UNE VICTOIRE.

On apprend de tout, mais les belles âmes se forgent dans la douleur.
Et pour la peine, dis-toi que le temps guérit tout, et je te jure que c'est vrai.

Voici un petit exercice si tu vis une période particulièrement noire, compliquée et pour te prouver que tout change, que tout passe, que tout s'atténue, même les douleurs les plus puissantes.

ÉCRIS-TOI UNE LETTRE, OU UN MAIL, DEDANS, CONFIE TOUT CE QUI T'INQUIÈTE, T'ANGOISSE, TE TERRIFIE. PUIS, SCELLE LA LETTRE, RANGE-LA ET OUVRE-LA DANS SIX MOIS, UN AN.

ou, si c'est un mail, programme de te l'envoyer dans les mêmes délais. Tu verras que ce qui te semblait insurmontable au moment de la rédaction est devenu presque insignifiant quand tu relis tout ça.
L'autre exercice est celui des « Cinq ».
Demande-toi si ce qui t'inquiète, t'angoisse, te terrifie sera encore important dans cinq minutes, cinq jours, cinq mois, cinq ans. Ça permet de relativiser, de prendre du recul, de respirer un peu et de se rappeler que le temps passe et efface tout, ou presque.

Comme le disait ma mère, aimer fort, c'était ma plus grande qualité et je refusais d'y renoncer, je ne voulais pas me trahir à cause de cette histoire avec Julian. J'avais le sentiment que si je construisais des murailles infranchissables autour de mon cœur, c'était le faire gagner. C'était admettre qu'il m'avait entièrement brisée, et je ne pouvais pas laisser ça arriver. Alors, j'ai appris à faire confiance, à croire en moi, à croire en l'amour, à ma chance.

J'ai voulu m'autoriser à aimer à nouveau, aussi fort, aussi entièrement.

J'ai vingt-neuf ans, et je décide de ne pas renoncer à l'amour, de ne pas renoncer à qui je suis. Je continue ma vie, je continue de me construire en tant que femme, en tant qu'adulte. Et je donne tout à Jim. Après tout, il est sympa, drôle, aimant, et je me vois bien faire toute ma vie avec lui. Oui, parce que malgré tout, j'ai réussi à préserver cette petite Sarah enfant, qui rêve du prince charmant, du mariage idéal, des enfants. Je continue de croire en mes rêves, et je me vois les réaliser avec lui.

Il est tout ce qui m'avait manqué jusque-là.

La première fois que je le vois, on est entourés de caméras, et pourtant ça n'en reste pas moins authentique. C'est lui qui retient mon regard parmi tous les candidats. Mais je m'empêche de faire le premier pas. Certes, j'ai toujours un cœur d'enfant, mais je décide de me protéger un peu, de faire attention. Il y a certaines erreurs que je refuse de reproduire, donc je prends du recul, j'analyse qui il est, comment il se comporte, j'interroge les autres autour de moi, l'air de rien. Je ne fonce pas tête baissée, ça, c'est fini.

Mais pendant le séjour dans la villa, un autre candidat me tourne autour. Il me fait comprendre qu'il m'apprécie, qu'il me trouve belle, cependant je refuse ses avances. Malgré moi, c'est trop tard, je suis mordue de Jim, je n'arrive pas à penser à un autre mec.

Parce que, ce qui me plaît aussitôt chez lui, c'est qu'il est mature. Il sait ce qu'il veut, il ne papillonne pas, ce n'est pas un gamin qui se cherche encore. Alors, on se rencontre comme ça. On s'évite un peu les premiers jours, l'air de rien, on se tourne autour et malgré les caméras, tout est vrai dans notre rencontre. D'ailleurs, quand on fait une téléréalité, on apprend à les oublier. En tout cas, moi, je les oublie, pour vivre le moment à fond et profiter.

On passe des heures à se parler, et je reste malgré tout prudente, donc je le laisse dans cette zone tampon, d'« amis », rien de plus, je ne laisse pas tout de suite de porte ouverte parce que je veux juste apprendre à le connaître. Mais je ne vois rien qui alerte ma petite voix intérieure. Je m'interroge longtemps, je me sonde, pour être sûre que mon intuition est au diapason avec mon cœur, et il n'y a aucun faux accord, on est tous sur la même page.

Alors, peu à peu, je me rapproche, je lui fais confiance et je me laisse aller aux sentiments qui émergent.

Parce que Jim et moi, on partage un truc en commun : la télé. C'est la première fois que je suis vraiment avec quelqu'un qui peut me comprendre entièrement, qui n'est pas là avec de mauvaises intentions, pour avoir de la célébrité, pour se scotcher à mes *stories* et gagner des abonnés. Non, il vit tout ça. Il sait ce que c'est que de faire ce métier, d'être jugé. Il connaît les *a priori* des gens, il est passé par tout ça lui aussi. Ça m'enlève un poids incroyable et c'est un confort qui me rassure encore plus au début de cette relation : je sais qu'on parle la même langue.

Donc, oui, quand je vois Jim, c'est une évidence.

Surtout, quand je le vois agir au milieu des autres. Il est le premier à interrompre les disputes, celui qui invite tout le monde à respirer un bon coup, à se détendre et à communiquer sans crier. Et j'aime ce que je vois. J'aime sa manière de se tenir au milieu de notre groupe. Quand je l'entends dire « Il ne faut pas faire de mal aux gens », je sais qu'il vient de gagner des points.

Personne n'aurait pu imaginer qui était vraiment Jim, au fond.

Parce que tout le monde s'est fait avoir. Les gens avec qui on faisait l'émission, les téléspectateurs, mes amis, ma famille, et moi la première. Je ne pensais pas qu'on pouvait avoir deux faces comme ça. Et je crois que non seulement il a réussi à me décevoir, moi, mais il a déçu aussi les milliers de téléspectateurs qui ont assisté à notre histoire d'amour…

Conseil #13

EH BIEN, JE SUIS DÉSOLÉE, MAIS JE CROIS QUE JE SUIS AUSSI À BOUT DE CONSEILS…

Parce que parfois, il n'y a rien à dire. Les gens peuvent être faux, mentir, cacher leurs intentions, et tu peux avoir la meilleure petite voix du monde, l'intuition la plus fine, eux sont simplement plus doués. C'est comme ça. Il y a des gens, dans ce monde, qui sont juste naturellement doués pour cacher leur vraie nature, mentir, te manipuler, et ils le font avec tellement de talent et de malice, que personne ne voit rien. Ça me rappelle un peu les discours des voisins de *serial killer* : « oh, mais il était tellement gentil, vraiment un monsieur Tout le monde, à toujours dire bonjour. » Eh bien, les manipulateurs, c'est un peu la même chose. Alors tu pourras être aussi préparé·e que tu veux, aussi

précautionneux·se que possible, parfois ça ne suffit pas.
Parfois, tu feras confiance à la mauvaise personne, même en ayant appris de tes erreurs et en faisant attention. Parfois, à l'inverse, peut-être que tu laisseras passer la femme ou l'homme de ta vie parce que tu as cru voir des *red flags* alors qu'ellui était juste maladroit·e.

JE SAIS QUE ÇA SEMBLE À L'OPPOSÉ DE TOUT CE QUE J'AI DIT PLUS HAUT, MAIS PARFOIS, IL N'Y A PAS DE RÈGLES.

On fait tous au mieux. Continue d'écouter ta petite voix intérieure, ton intuition, parce que c'est le truc le plus fiable du monde, mais ensuite, il faut apprendre à faire confiance et apprendre à se relever si on a été déçu·e.
Mais surtout, à un moment, ce n'est pas toi qui es en faute, ce n'est pas toujours à toi de changer.
Tu peux enchaîner les déceptions amoureuses, mais

ne te change pas à chaque fois, ne pense pas que c'est toujours ta faute, que tu attires les mauvaises personnes et que donc tu dois changer. Non, chéri·e, tu as juste pas de chance, mais ça ne veut pas dire que c'est toi le problème.

Sur ma relation avec Jim, honnêtement, je n'ai rien à dire. Tout est parfait. J'aime fort, et à fond, comme je le fais toujours. Parce que, à ce stade, je n'ai absolument aucune raison de douter. Il est attentionné, il est gentil, il est prévenant.

Alors, quand il me dit qu'il veut faire une émission en Espagne, je comprends, je le soutiens à fond, même si je me languis déjà de son absence, et que j'ai du mal à me dire que je ne vais pas le voir pendant des semaines. Mais quand il part, je lui souhaite d'aller le plus loin possible, je me dis qu'il va gérer et je lui répète que je serais là tout le long, que je ne louperais rien.

Donc, il sait que je vais le regarder, que je vais être scotchée à mon écran.

Quand la production m'appelle pour me dire que Jim veut me parler et que ça sera en *live*, je me dis que c'est étrange, mais je connais les émissions, je sais comment tout ça fonctionne. Du coup, je mets cette convocation sur le fait qu'ils veuillent faire de l'audience en nous mettant en scène. Pas de souci. Moi, je me dis juste que je vais pouvoir lui parler, en vrai, que je vais pouvoir prendre de ses nouvelles, et je me réjouis.

J'installe mon téléphone, la caméra, et j'attends l'appel de la production.

Ça me semble durer une éternité, jusqu'à ce que, enfin, je voie Jim.

La suite, tu la connais sûrement, non ? Je sais que ça a beaucoup tourné, ça a agité la sphère de la téléréalité pendant des semaines. J'ai dû être confrontée à ces images des dizaines et des dizaines de fois. Au début, ça me retournait le ventre systématiquement, ça me donnait envie de vomir, ça me faisait pleurer coup sur coup. Maintenant, je ne les vois plus, on m'en parle moins, mais je n'y repense pas sans un pincement au cœur.

Ce qui se passe pendant ces quelques minutes de vidéo, c'est juste inhumain.

Comment peut-on larguer une fille qui vous aime démesurément en direct à la télé, devant tout le monde ? Sans admettre qu'on est pourri·e, que c'est dégueulasse de faire ça, sans reconnaître la peine de l'autre ? Il y avait trois cents façons de rompre, il a choisi la pire. Il a choisi de me tromper en *live*, il a choisi de m'imposer ça, il a choisi de m'humilier devant des milliers de téléspectateurs, non seulement français, mais espagnols aussi, tant qu'à faire. J'ai dû subir et sauver les miettes de mon orgueil pendant qu'il faisait imploser mon cœur.

Celui que je pensais si mature venait de se comporter comme le pire des goujats, comme un ado de seize ans qui n'a aucun courage, aucune fierté, aucun respect pour la fille avec qui il est.

Mais, honnêtement, sur le moment, je pensais à peine aux caméras. Je ne voyais que l'homme que j'aimais, avec une autre, en train de m'expliquer, en toute tranquillité, qu'il ne voulait plus être avec moi, qu'il avait trouvé une autre Sarah et que *ciao* bonsoir. J'ai cru marcher sur la tête. Je pensais tout connaître de la part sombre de l'amour, Jim venait de me prouver que non, il y avait encore bien des souffrances possibles.

La rupture est terrible, dévastatrice.

Pour Alban, je manquais juste de courage pour le larguer plus tôt, mais je ne ressentais plus pour lui qu'un dégoût teinté d'une routine écœurante.

Pour Julian, je savais que mon amour était tombé sur le mauvais mec, que je devais absolument me respecter et sauver ma vie en partant, c'était une rupture terrifiante, mais salvatrice.

Pour Jim, je suis juste prise de court.

Pour moi, encore deux semaines plus tôt, on vivait l'amour parfait. J'étais en train de songer aux enfants. J'avais arrêté ma pilule. Je pensais même être enceinte, je m'imaginais déjà lui annoncer à son retour et commencer notre nouvelle vie de famille. Heureusement, je n'étais pas enceinte, je n'aurais jamais pu gérer ça. J'aurais haï qu'il me vole mon plus grand rêve.

Mais cette rupture est ignoble aussi parce que je suis seule, dans mon coin, et tout le monde sait que je viens de me faire larguer, mais surtout, lui continue sa vie. Et il en profite à mort. Moi, je suis dans mon lit, en larmes, je perds mes cheveux par poignées, j'ai une douleur au ventre qui refuse de partir. Et je ne peux pas m'empêcher d'être devant ma télé tout le temps. Je le regarde qui embrasse cette nouvelle meuf, il rit, il boit, il passe du bon temps. Je vois bien qu'il ne pense pas à moi alors que mes journées entières tournent autour de lui.

J'ai envie de vomir.

Je vomis d'ailleurs, beaucoup, je pleure, encore plus. J'arrête de manger.

J'ai envie de mourir dans mon lit. Mon cœur en a connu, des tortures, mais celle-là est la plus terrible. Et je reste devant mon écran, sans voix. Aujourd'hui, je comprends que je vivais non seulement une rupture, qui plus est en direct, mais que je voyais mon bourreau célébrer pendant que je passais par une grosse dépression. Je ne peux l'appeler comme ça qu'avec le recul, car sur le coup, j'étais incapable d'analyser ce qui se passait.

Mais je ne dormais plus, je finissais par m'assoupir, sonnée, une ou deux heures, complètement décalée. Je ne voulais plus sortir de mon lit. Je ne ressentais même pas le besoin de me laver, de prendre soin de moi. Manger me semblait impossible.

Je passais mon temps, la main sur mon ventre, à bénir le ciel qu'au moins, je ne sois pas enceinte. Je n'avais que ma douleur à gérer, je pouvais rester en boule, dans mes draps, comme un petit animal en peine. Et c'est ce que j'étais. J'ai cru que ce lit allait devenir un tombeau.

Lui vivait déjà le prochain chapitre merveilleux de sa vie et moi, je traversais un deuil terrible.

Et pourtant, je ne pouvais pas m'empêcher de penser : c'est ma faute, je suis le problème, c'est parce que je ne suis pas assez bien, je ne mérite pas d'être aimée, je ne serai jamais aimée, je ne serai jamais mère, même si c'est le rêve et le rôle de ma vie.

Je me suis oubliée pendant cette rupture, et j'ai mis des semaines à reprendre forme humaine.

Il y a des jours où je croyais vraiment ne plus jamais être capable de sourire.

Conseil #14

Alors, voilà pour toi et ton petit cœur brisé.

JE NE TE LE SOUHAITE PAS, MAIS SI ÇA ARRIVE, RAPPELLE-TOI DE PRENDRE SOIN DE TOI. CHANGE-TOI LES IDÉES.

Et rappelle-toi également mon conseil #12 : le temps est capable de tout.

1. Applique le conseil et écris-toi une lettre/un mail pour le futur.
2. Accepte le fait que tu vis un deuil amoureux, tes sentiments sont valides.

3. Si tu as l'impression que tu n'as pas pu dire ce que tu voulais : écris tout ce que tu aurais aimé dire à ton ex. Vide ton cœur, ta tête, et puis brûle le papier.
4. Entoure-toi. Tu sais, c'est sans doute universel comme sentiment. On est tous passé·e·s par une déception, rupture, difficile. Trouve des ami·e·s à qui tu peux parler, te confier.
5. Ne te retiens pas de pleurer, de crier, exprime tes émotions.
6. Évite les endroits que vous fréquentiez beaucoup.
7. Si tu es enfermé·e chez toi : ouvre les fenêtres, change tes draps, sors de ton lit.
8. Pourquoi ne pas te défouler ? Fais du sport, marche, nage, fais un ménage intense.
9. Prends soin de toi : un bain, une manucure, une nouvelle coupe, un massage...
10. Fais quelque chose que tu aimes, regarde une série que tu connais déjà bien par exemple, un film doudou, un univers réconfortant et familier.
11. Ne le·la stalke pas sur les réseaux. Ne cherche pas à savoir ce que fait l'autre, avec qui iel est, si iel pense à toi. Mieux, désabonne-toi et bloque-le·la.

(12) Fais des projets : partir en vacances, apprendre une nouvelle langue, repeindre ta chambre... Tu vas voir, ta vie te réserve encore plein de belles surprises, même sans ellui.

(13) Sépare-toi de tous les souvenirs de l'autre, surtout ne dors pas avec ses fringues pour retrouver ses odeurs. Au contraire, élimine tout ce qui te le·la rappelle.

Encore une fois, je dois le fait de m'être relevée comme un phénix à mon entourage. Sans eux, je serais peut-être encore dans mon lit, en train de me momifier. Que ce soit ma famille, ma mère, Marine ou mes ami·e·s, ceux du lycée, ceux de la téléréalité, ils me sortent de ma chambre, ils me font bouger, ils me font penser à autre chose.

Notamment, ils m'emmènent au restaurant, même si je refuse toujours et qu'ils m'emmènent de force. Je sais qu'ils ont raison et qu'ils le font pour mon bien. Ils me changent les idées. On parle de tout et de rien, surtout pas de Jim, même si son nom est dans la tête de tout le monde.

Ma mère, surtout, n'en revient pas.

Elle était comme moi, elle y croyait, elle l'avait vu dans l'émission et trouvé qu'il était vraiment bien. Quand je lui parlais de mes envies de bébé, elle était tout excitée, elle répétait qu'elle avait hâte d'être mamie, et que Jim semblait le gendre idéal. Maintenant, elle ne peut pas prononcer son prénom sans avoir envie de cracher. Je crois qu'elle a eu un choc aussi. J'ai peur qu'elle désespère pour moi.

Mais je sors, je reçois des messages de mes proches tellement mignons, qui me rappellent qu'ils sont là, qui m'appellent, qui me proposent de sortir. Ils veulent juste savoir si ça va, et ils n'en reviennent pas que le « si gentil Jim » puisse être comme ça. Personne ne l'a vu venir, et franchement, ça me rassure ! Je me dis que je n'aurais pas pu l'empêcher. J'ai fait « tout bien » et pourtant, le problème n'était pas moi, il nous a tous fait tourner en bourrique, il nous a tous vendu une personnalité qui n'était pas la sienne. Ça me fait du bien.

Au début, je pensais que cette rupture, en direct, était la pire chose qui puisse m'arriver.

Quand j'ai éteint le *live*, que je me suis retrouvée toute seule et en larmes dans mon salon, je n'ai pas osé toucher à mon téléphone pendant des heures. Je me suis dit que j'allais trouver des insultes dans tous mes *posts* Instagram, que les gens allaient se foutre de moi, me dire que je l'avais bien cherché, que je n'étais pas assez bien pour Jim, de toute façon. J'imaginais déjà tous les mèmes qui allaient me tourner en dérision, et je n'osais pas ouvrir l'application...

Pourtant, quand j'ai bien dû répondre à ma mère qui me harcelait pour avoir de mes nouvelles, et quand j'ai fini par reprendre mon portable, j'ai été choquée. Et dans le bon sens. Parce que mon compte était noyé de messages bienveillants, les DM s'enchaînaient avec parfois tout simplement des cœurs, ou même des pavés entiers pour dénoncer le comportement inadmissible de Jim. C'était sous ses *posts* à lui que se déchaînait la haine.

De mon côté, tout n'était que gentillesse, amour et soutien. Je n'en revenais pas, et je me demandais pourquoi et comment j'avais pu douter de ma communauté. J'étais incapable de répondre à tout le monde, mais chaque message réveillait un peu d'amour en moi, me rassurait, me donnait le sourire.

Si je suis sortie de mon lit si vite, c'est grâce à ce soutien.

J'ai pu vivre ma rupture avec vous, je n'avais pas à me cacher dans un trou et à lécher mes plaies en solo, on était ensemble. Et vous étiez certain·e·s à vivre une rupture aussi. Vous m'avez prodigué des conseils, on s'est motivés ensemble, on a retrouvé le sourire jour après jour, même si faire des *stories* me demandait parfois du courage et de la force, tout ça, vous me l'offriez à l'infini. J'étais bénie de pouvoir compter sur un tel soutien.

Je n'étais pas seule, et je n'ai pas eu à vivre ça en silence. C'était incroyable.

Chapitre 11

Un des pires chapitres de ma vie. Et vraiment, sur le coup, je pensais ne jamais m'en remettre. J'aurais peut-être pu frapper le premier qui me disait « Mais le temps guérit toutes les blessures », parce que j'avais le cœur en mille morceaux et que je ne voyais vraiment pas comment ça pourrait jamais être guéri. Je n'y croyais plus.

Là, pour la première fois, pendant des semaines, j'ai pensé que l'amour ne pouvait pas être réel, qu'il n'était pas fait pour moi et que je ne pourrai plus jamais faire confiance à qui que ce soit. Alors, j'ai aimé la seule personne possible : moi. J'ai pris ce temps pour moi, je me suis construite et j'ai compris que le meilleur cadeau que je pouvais m'offrir, c'était ça, de m'aimer, de me respecter et d'avoir confiance en moi. Avec ces armes-là, plus rien ne serait jamais impossible.

Avec Jim, j'avais le sentiment d'avoir dit adieu, pour toujours, à mes rêves : rêve d'amour éternel, profond et réciproque, rêve de famille, rêve de stabilité. Mais c'est là, au milieu des ombres, que je me suis découverte. J'ai compris enfin qui j'étais vraiment, ce que je voulais vraiment, et j'ai compris que rien ne justifiait mes rêves, surtout pas ma perte d'estime.

J'arrivais sur mes trente ans, et je prenais une claque en pleine figure, assez violente pour me donner du recul sur ma vie, sur les obstacles que j'avais dépassés et sur le reste de mon existence.

Parce que c'est là que je me suis rendu compte que j'avais fait un sacré chemin. Je ne regardais pas souvent en arrière, jamais avec un regard bienveillant en tout cas, et pourtant, j'avais traversé tellement de choses ! La petite Sarah de huit ans n'aurait jamais rien imaginé de tel. Mais je me suis relevée à chaque fois.

Je me suis relevée quand mon père n'a pas voulu être celui dont j'avais besoin.

Je me suis relevée quand on m'a manqué de respect, quand je me suis oubliée dans une relation.

Je me suis relevée quand on m'a mise plus bas que terre, quand on m'a menacée.

Je me suis relevée même quand on m'a humiliée devant le monde entier.

Alors, je me suis dit, pourquoi je n'arriverais pas à me relever de tout ? Tout a été une épreuve, dure, terrible, mais pleine de leçons. Sans le comportement de mon père, je ne serais pas la même. Sans le comportement d'Alban, je ne serais pas la même. Sans le comportement de Julian, je ne serais pas la même. Sans le comportement de Jim, je ne serais pas la même. Je ne leur dois rien, je ne dois qu'à moi d'être devenue une femme forte, capable, qui sait ce qu'elle veut dans la vie. Quelqu'un qui ne se rabaisse plus pour satisfaire des fantasmes de mecs immatures. Une femme qui malgré tout ce qu'on lui a fait subir n'a pas peur de continuer à aimer à fond, à croire.

Je me rends compte, quand Jim me largue (et bon, c'est vrai, après quelques semaines), que je m'aime encore plus que tous ces pauvres gars. Je n'ai besoin de personne, je suffis à mon propre bonheur. Et, sans oublier mes rêves de toujours, je m'en crée de nouveaux, pour moi, rien que pour moi. Des rêves pour grandir encore, et profiter de cette vie que je ne cesse de trouver fantastique.

Je prends de bonnes résolutions avec moi-même :

– Je ne laisserai plus jamais un homme dicter ma conduite, être le maître de mon âme.
– Je ne laisserai plus jamais un homme prendre des décisions pour moi.
– Je ne laisserai plus jamais un homme impacter mon bonheur.

Jim est l'ombre de trop, il est temps que je me sépare de tout ça et que je marche en pleine lumière.

Et c'est ce que je fais. Je prends soin de moi, je sors, je ris, je passe du temps avec ma mère, avec mes amis, j'apprends à aimer mon corps, à retrouver les kilos que Jim m'a volés en me brisant le cœur. Je recolle les morceaux de ce petit être qui a beaucoup souffert et je prends un jour après l'autre, sans me projeter, sans me poser de questions.

Je profite des gens qui sont vraiment importants pour moi. Qui me veulent sincèrement du bien, et je me sépare de tous les autres. Je n'ai pas le temps pour les relations fausses, pour les hypocrites et les jaloux.

Je sais ce que je vaux, ce que je mérite, ce que je veux, ce que je ne veux plus et il n'est jamais trop tard. Je ne cherche plus l'amour, je me dis qu'il me tombera peut-être dessus le jour où ce sera le bon. Et ce jour-là, je serai prête, parce que je m'aimerais assez pour savoir ce qui est bon pour moi.

Après tout, peut-être que l'homme de ma vie débarquera au moment où je m'y attends le moins…

Conseil #15

Le chemin est long, douloureux, tortueux, mais regarde au-delà de ça. Même quand tu penses ne jamais pouvoir t'en sortir, même quand tu crois que tu dois renoncer à tous tes rêves, ce n'est pas le cas. Il y a toujours de l'espoir, même dans les moments les plus sombres. Je sais que c'est dur à croire quand on est en plein ouragan, qu'on pense que sa vie ne tient qu'à un fil, mais je suis passée par là, je te parle en connaissance de cause. Je l'ai vécu, et j'avais du mal à le croire, mais c'est vrai : tout ira mieux, le meilleur est à venir.

Alors, dis-le, redis-le, écris-le, encore et encore, hurle-le même, parce que c'est vrai : tu vas t'en sortir ! Surtout, ne renonce jamais à toi-même, ne renonce jamais à l'amour. Il viendra.

Voici quelques messages à découper, que tu peux lire et relire, si tu en ressens le besoin.

Le meilleur est à venir.

Il y a toujours de l'espoir.

Je vais m'en sortir.

Tout ira mieux.

Le meilleur est à venir.

Il y a toujours de l'espoir.

Je vais m'en sortir.

Tout ira mieux.

Je suis capable.

Je peux me faire confiance.

Demain sera plus doux.

Ne jamais renoncer.

Je suis capable.

Je peux me faire confiance.

Demain sera plus doux.

Ne jamais renoncer.

Épilogue

Et voilà, Noël.

Je ne suis plus une petite fille. Je ne cherche plus mon père dans l'ombre du sapin de Noël, je n'attends plus aucun cadeau. La vie m'a déjà offert toutes les joies, et j'irai m'offrir celles qui restent. Je regarde ma mère, sur le canapé, face aux guirlandes lumineuses. Je pose la main sur mon ventre, je souris.

Oui, le bonheur est là.

Je regarde le sapin qu'on a tous décoré ensemble et je souris. Mes doigts passent avec amour sur les boules qu'on a ajoutées à la toute fin. Une est ornée d'un « S », une autre d'un « G » et la dernière d'un « A » avec des cœurs.

Je détourne mes yeux pleins de larmes, d'émotion. Mon rêve est là, sous mes yeux, et j'ai du mal à y croire. J'observe ma mère, qui a préparé un cadeau pour ma fille, qui est là, sans être encore tout à fait là. Je pose une main d'amour sur mon ventre tendu, sur cet être que j'attends avec tant d'impatience. Ma famille est là, je la construis. J'ai trouvé l'amour de ma vie, j'ai trouvé mon bonheur.

J'ai tout ce dont j'ai toujours rêvé, et même plus encore...

Retrouve-moi sur les réseaux sociaux :

@sarahlopezoff

@sarahlopezoffi

@sarahlopez8599

*Et pour en apprendre plus sur la plateforme de sensibilisation aux violences psychologiques **À toi la parole**, scanne ce QR code.*